中公文庫

しょうがない人

平安寿子

中央公論新社

目次

しょうがない人

「はいはい、あんたはエライ」

1

日本はこの際、鎖国すべきである。

そういう結論になった。

ところは、とある雑居ビルの一室。フローリングの上にたたんだ段ボールを敷き、そのまた上に使い古しのタオルケットを重ねた即席のお座敷で、靴を脱いだ中年女が四人座り込み、話し合って、そういうことになった。

「なにしろ、外国人は謝らないからね。そもそも、ごめんなさいという言葉がないんだから。学校じゃ、アイム・ソーリーがそうだって習ったけど、あれは、遺憾《いかん》に存じます、なの。全然、謝ってない」

きっぱり言い切るのは、この部屋が拠点のネットショップ、スマイル・スマイルの創業社長、辺見渚左《へんみなぎさ》である。

スマイル・スマイルは、国内外から取り寄せた自然素材のサプリメントを販売している。この手の会社はネット上に乱立しており、競争して生き残るのは並大抵のことではないが、渚左はアメリカや南米各地、オーストラリアなどの小規模メーカーと直接取引した「レアもの」を扱うショップとして、十年かけてリピーターをつかんだ。

財務を担当する弟と二人で始めた会社は、今ではパート、アルバイト含めて十人の従業員を抱え、小さいながらも安定した経営を誇っている。大変、めでたい。

しかし、会社の成長に合わせて、ストレスの量も増えていく。ことに消耗するのが、絶対に謝らない取引先の外国人たちとの付き合いだ。

それでたまった鬱憤《うっぷん》を晴らしたいとき、渚左は突然ティーブレイクを宣言して、気心知れたベテランパートを何人か招集し、倉庫として使っている小部屋でしゃべりまくるのだった。

「約束の時間間違えても、契約の条件が最初と違うことになっても、大威張りよ。謝るべきときに、かえって胸を張って、こうなるに至った正当な理由をガンガンしゃべるわけ。さすがディベートの訓練を子供のときからするだけあって、ああ言えばこう言うで、しまいに根負け。わたしって、日本人なんだなあとしみじみ思う。口惜しいけどさ」

「アイム・ソーリーって、ごめんなさいじゃないんだ」

河埜日向子《こうのひなこ》はハーブティーが入ったマグカップを両手でくるみ、おおげさなくらい大きく頷いて感心してみせた。

「外国映画で、誰かのお母さんが死んだとか聞くと、そこにいた人がアイム・ソーリーって言うのは、そういうわけなのね」

在庫管理と発送作業を受け持つパート社員の身でありながら、日向子が社長の渚左にため口をきくのは、高校の同級生という間柄だからだ。

四十三歳になった今、かたや社長、こなたパートと差がついたが、このご時世に仕事があるのはなにしろありがたい。

夫の一輝《かずき》が働く食品会社は主力商品がふりかけという弱小企業だが、地元密着六十年、ふりかけ一筋の地道な経営が奏功して、今のところ経営難の陰りはない。が、だからといって、その妻が専業主婦を決め込んでいられるほど、世の中は甘くない。

家と車のローンがあるし、一人娘の紗恵《さえ》を進学塾に行かせているし、猫も飼っている。ペットにかかる費用は半端ではないが、中学生になった紗恵が親離れしてしまった今、好きなときに抱きしめられる存在がもたらす癒《いや》しは必要不可欠だ。

それに近くで見ていると、社長業というのは何かと大変だ。交渉し、戦略を練り、実戦に打って出る。しかも、楽勝ケースは滅多にない。常に敗戦と背中合わせである。

渚左は根っからの実業家らしく、おおむね生き生きしているが、しばしば一触即発のイライラ爆弾と化して、あたり一面を恐怖で凍らせる。

立場と収入に大きな格差はあるが、渚左のようになりたいとは思わない。むしろ、渚左がそんな思いをしながら、日向子に給料をもたらす事業を維持してくれていることに感謝しているのだ。いや、ほんと。

「日本人は、すぐ謝るよね」

「それで、向こうが謝ったら、ま、いっか、みたいに、簡単に折れてあげるしね」

こもごも言うのは、同じパート仲間の木内《きうち》と蒲田《かまた》だ。この二人は共に五十代で、自分より年上なので使いにくいと、渚左は時折、日向子にこぼす。思いきり叱れないからだそうだ。

渚左のイライラ爆弾は、爆発の機会を待っている。そして、誰かが簡単なミスをすると、ドッカーン！

「なんで⁉ なんで、こんなことになるの⁉ 信じられない‼」

容赦のない面罵《めんば》が、たっぷり五分は続く。あまりの激しさに、たった一日で会社を辞めたバイトがいたくらいだ。

木内と蒲田も、ミスはする。渚左はやはり、怒る。しかし、責め方が違う。無意識のうちに長幼の序が働いて、敬語になるのだ。

「今後、気をつけてくださいね！」

語尾に「！」をつけて、睨みつける。それでも十分、コワイ。その場に居合わせた若いバイト嬢たちが首をすくめ、息をするのも控えめになるくらいだ。

でも、当のおばさんたちは平気の平左。

「ほーんとに、ごめんなさい。すみません。この通りでございます」

立ち上がって、深く、深く、頭を下げる。

若い子たちも「すみません」と謝るが、ここまでのパフォーマンスができない。唇を噛んで、涙ぐむのが関の山だ。傷ついた自分を憐れむのが先に立つ。

ところが、おばさんともなると「ごめんなさい」と「すみません」を意気揚々と掲げて、正面突破に転じるのだ。

「ご迷惑おかけして、どうお詫びすればいいのやら。こうして頭を下げるしかできない自分が、情けない。どのようなきついお叱りをいただいても、返す言葉がございません。本当に、すみませんでした。ごめんなさい。お許しください」

怒濤《どとう》の「ごめんなさい」攻撃に、心からの謝罪はみじんも感じられないのだが、目の前でやられると、たいていの日本人は許してしまう。渚左もそうだ。

優しいというより、ヤワなのだ。

「日本人って、基本的に争い事が嫌いよね」

渚左はため息をついた。

「外国じゃ、いったん非を認めたら待ってましたとばかり、損害賠償の要求が始まる。だから、交通事故を起こしても絶対に自分のせいじゃないって言い張らなきゃいけないんだって。アメリカなんかじゃ、事故が起きると警察より先に弁護士が駆けつけるんだって。やーねえ」

愚痴《ぐち》る渚左の表情は、しかし、明るい。純度の高い亜麻仁油《あまにゆ》の輸入販売が、うまくいきそうだからだ。

「そんな風に、自分は正しいって主張しまくるエネルギーが、日本人にはないよね」

怒濤の謝罪攻撃が得意の木内が言うと、蒲田が「そうそう」と口を出した。

「この間、中国に行ったときもね。買い物したら、おつり、ごまかされてさ。売りつけるときは英語しゃべってたのに、お金のことで文句言ったら、急に英語わからないって言い出して。なんだかんだ、中国語でがーっと言うのよ。で、結局、そのまま。言っても無駄だと思って、あきらめた」

「日本人は、引くのよね」

渚左が遠い目をした。

「みんながそうだから、なあなあで、なんとなく収まっちゃうのよ。和を以《もっ》て貴《とうと》しとなす。若い頃はそういう、なあなあ文化がイヤだったけど、外国人と折衝してると、ああ、日本人でよかったと思うわ」

「そうそう。わたしが我慢すればこの場が丸く収まると思って引くのが、日本人だもんねえ」

「それをいけないことみたいに言うの、イヤよねえ。よかった。なあなあ文化の日本人で」

「ほんとほんと。海外旅行は楽しいけど、帰ってきてお茶漬けなんか食べて、お風呂にゆったりつかると、日本に生まれてよかったとしみじみ思う」

渚左と木内と蒲田が揃って日本礼賛《らいさん》に走り、愛国者の決起集会みたいになった。そして、この引く姿勢ゆえに外交舞台では常に押しまくられ、支援金をぶんどられて損ばかりするから、この際、鎖国しようと決めたのだ。

まあ、言ってるだけですけど。

日向子は主に相槌《あいづち》を打ち、要所要所で笑い転げる寄席の観客みたいな役どころに終始した。

内気というほどではないが、おばさん同士のおしゃべり大会では、出遅れるというか、エネルギー不足というか、聞き役に回ることが多い。

自分ではひそかに、「おっとりしたお姫さま体質」だからだと思っている。

こんな性格は、引くのが普通の日本人社会の中でも、損をする。

ことに、絶対に自分の非を認めない、謝らない人間（日本人にもいる。大勢いる）に襲いかかられたら、絶対に泣きを見る。国際外交で押しまくられる日本政府のように。

たとえば、稲垣典子《いながきのりこ》である。

日向子の従姉《いとこ》で、もと国際線の客室乗務員。

その昔はスチュワーデスと呼ばれ、美人で外国語に堪能《たんのう》でなければ務まらない、つまりは女のエリートとして憧れの職業だった。そんな時代を経験しているだけに、御年《おんとし》五十五歳の今も、典子は往時の栄光を引きずっている。

実際、典子はビジネスクラスの客だった商社マンと結婚した。それも、彼女の美貌に惚れ込んだ相手に拝み倒されて、「結婚してやった」のである。典子が自分でそう言ったのだが、日向子も列席した結婚披露宴では、その言葉を裏付ける稲垣のデレデレぶりを見せつけられた。

世界を股にかける彼の赴任地に、典子は同行した。そして、たまに帰ってくると友人知人を集めてパーティーを開いた。

一等地にあるマンションの広いリビング。テーブルを埋めるたくさんの異国の料理。何本ものワイン。そして、赴任地で住んでいた家やら、現地の同僚宅でのホームパーティーの様子を拝めるスライドショーやホームビデオの映写会。それらはすべて、典子の自慢の種だった。

集まった客は、典子がどこに行っても、きれいだ、チャーミングだ、料理がうまい、ダンスも上手とほめまくられた話をお腹一杯聞かされる。

典子の自慢は、リッチな奥様暮らしだけにとどまらない。

人集まりの席で、誰かが自分の子供の話をすると、すかさず典子は「わたし、子供ができなかった」と割って入る。

結婚してまもなく、子宮筋腫の手術を受けた。そのとき、執刀医のミスで卵管かどこか、妊娠に関わる場所を傷つけられた。病院側は絶対に認めないが、「わたしにはわかる。自分の身体のことだもの。あれ以来、何か、ヘンなの」。

そう言って、暗い顔をするのだ。当然、居合わせた人は気まずく口を閉じて、困惑の視線を交わし合うだけ。きっかけになった誰かの子供の話題なんか、ふっとんでしまう。

典子は、自分以外の誰かが話題の中心になるのがイヤなのだ。

稲垣は商社内の権力闘争で負け組に回ったらしく、十年前に子会社に飛ばされた。それでも、一般社会からすればけっこうなご身分を維持しているらしい。

典子は今も、有名人御用達《ごようたし》のヘアサロンやエステに通い、高級ブランドの内覧会に海外オペラ座の来日公演、ハリウッド映画のＶＩＰ招待試写会などの華やかな場に馳せ参じては、有名な誰それと親しく歓談し、会食の約束をするセレブな暮らしを謳歌《おうか》している。そのかたわら、料理、和服の着付け、フラメンコ、陶器の絵付け、七宝焼と次々と習い事に手を出し、そのどれもで「才能がある」「センスがある」とほめられる。

ま、どっちでもいい。ほんとに、日向子にはどっちでもいいのだ。典子の身の上なんか。

しかし、知っている。聞かされるからだ。

典子から気まぐれに送られてくるメールの内容はすべて、一方的な近況報告なのだ。

自己流でやったフラワーアレンジメントが素晴らしいから、プロにならないかと誘われた、とか、女優の誰それが雇っている個人トレーナーの指導を受けてエクササイズをすることにした、とか、高級ブランドのレセプションパーティーに行ったら、フランス人のマネージャーがタレントの誰それより先に自分のところに挨拶に来た、みたいな自慢話。でなければ、どこかの調子が悪いので、どこそこの病院に行ったら、こう言われた、という詳細なお知らせ。

知るか、そんなもん！

と思う。

なんで、いちいち、そんなことを知らせてくるんだ。うっとうしい！

とムカつく。

でも、言わない。さっさと消去する。しかし、なぜか、イヤーな気分が残るのである。

その典子から、宅配便が届いた。ドライバーが渡す前に、小ぶりの段ボール箱を両手で振ってみせた。カチャカチャ、不穏な音がする。

「割れ物の指定がされてないんですけど、なんか、中で壊れてるみたいで。一応、開けて確認してください」

開けると、古いバスタオルにくるまれた薄いティーカップとソーサーが五組、現れた。見事に全部、割れている。むき出しで重ねてバスタオルでくるんだだけでは、こうなるのは当然だ。

ドライバーは携帯で写真を撮った。もし、賠償を請求するならといろいろ説明されたが、日向子は「いいです」と答えた。

こんなやり方で、宅配業者に損害賠償を請求できるわけがない。

腹が立って、日向子も写真を撮って典子にメールした。せっかくですが、荷物、こうなってましたという報告だ。

即座に、典子が電話をかけてきた。

「ちょっと！　何よ、あれ。あんたんとこ、ちゃんとしたティーセットがないから、送ってあげたのに」

金切り声で責められる。これだから、イヤなのよ。

2

半年ほど前、典子が紗恵の顔を見たくなったからという理由でいきなりやってきて、二日ばかり滞在したことがあった。そのとき、「ちゃんとしたティーセットがない」ことを、声高に言い立てられたのだった。

セットがないわけではない。行きつけのベーカリーでポイントを貯めて交換したティーカップとソーサーが、三組ある。日向子の家は三人家族だから、それでよしとしてきた。だが、こういうものは最低五組あるべきだと、典子は言った。

「それに、これって見るからに、粗品でもらったものだなって感じじゃない。大切なお客様がみえたときに恥ずかしくないように、ロイヤルコペンハーゲンとかマイセンとかのいいものをワンセットは持っておかなきゃ」

「うちにはそんなセレブなお客さん、来ないもの」

つい、唇をとがらせて言い訳した。

「セレブじゃないから、適当なものでいいってこと、ないでしょう。きれいなカップでお茶をいただく、その優雅な気分が大事なのよ。それがおもてなしというものよ。紗恵ちゃんも、覚えておきなさい」

紗恵は、日向子には見せたこともないような愛想笑いを浮かべて、コクンと頷いた。

ムカつく。

「そうだ。うちにジノリのセットがあるから、あれ、あげるわ」

「……ありがと」

「いいのよ。うちにはティーセット、あり過ぎるくらいだから。わたし、器ものに弱くて、素敵なセットを見つけると我慢できずに、つい買っちゃうの。そのうえ、わたしが好きなの知ってるお友達がプレゼントしてくれるから、増える一方で。だから、気にしないで」

ものをくれると言っているのに、嬉しくない。娘の前で、おもてなしの心を知らない雑で無教養でレベルの低い女だと批判されたのだから。そして、もちろん、もの持ち自慢もされた。

自慢を聞かされるだけなら、まだ、いい。典子との接触がイヤなのは、自慢の前振りとして、批判をされるからだ。

サラダ用に白菜の芯を繊維に沿って縦に切っているとのぞき込んで、「白菜の芯は、横に切るものよ」とくる。

「だって、料理の本にこうやれって」

「わたしが習った先生は、横に切れって言ったわよ。テレビにも出たことあるし、雑誌で紹介もされたし、本を出せばベストセラーになる先生よ。あの人のお教室に入るの、順番待ちなんだから。わたしは特別に、お友達の紹介で入れてもらったんだけど」

ああ、そうですか。

「で、サラダだけなの？　メインは？」

「昨夜のシチューが残ってるから、それに具を少し足そうかと思って」

典子は鍋の蓋をとってのぞき込み、「蟹とか、ないの？　ロブスターでもいいけど。サーモンとか。サーモンを軽くあぶって入れるとおいしいんだけどな。うちの冷凍庫、サーモンは欠かしたことないのよ」

かくのごとく「あんたは、これこれができてない。これこれを持ってない。それにひきかえ、このわたしは」というのが、いつもの流れだ。

自慢か批判か、どっちかひとつにしてくれない？

それだけではない。部屋が暑いのは、エアコンの調子が悪いからではないか。ソファでうたた寝をしたら、背中や太股がかゆくなった、虫がわいているのではないか。とかなんとか、次から次によくもまあと感心するくらい、あら探しが続く。

あのねえ。あんた、体重が七十キロ近いでしょ。デブって、人より暑いのよ。それに、あんた、補整下着つけてるでしょ。締めつけてるから、かゆいのよ。それ、わかってる？

と言ってやれたら、どんなにせいせいするだろう。

スレンダーな美女として栄華を誇ったのは、三十代までだ。四十を過ぎた頃から、典子

「はいはい、あんたはエライ」

は太り始めた。だが、典子に言わせれば、太っているのではなく、むくんでいるのだそうだ。

「わたし、腎臓《じんぞう》が弱いから。心臓も弱いし、全体的に代謝《たいしゃ》が悪いのよ。最近、メンタル・クリニックに行って、抗うつ剤もらってるんだけど、その副作用もあるし」

「うつなの？」

信じられない。

「そうなのよ」

典子は眉をひそめて頷いた。

「おかげで、こうして出かけられるようになったの。ひどいときは、ベッドから出られなかったのよ。でも、お友達の紹介で、すごくいい先生に診てもらえたから」

もちろん、そんじょそこらの医者ではない。かの有名な誰それもかかっているけれど、プライバシーに関わるから、人には言わないでねとささやき声の注釈付き。

あんたが一番、触れ回ってるんでしょうが。

だけどね。いくら副作用だの内臓が弱いの言い張っても、身長百六十センチで体重が七十キロあれば、それは普通、デブと言うのよ。

日向子は、揚げ物と甘いものは極力避けると決めているから（幸いなことに、どちらも好きではない）、身長百六十三センチ体重五十六キロを維持している。スレンダーとはいえないが、デブではないのがほとんど唯一の自慢だ。奥ゆかしいから、口に出しては言わないけどね（この程度では自慢にならない、という説もあるが）。

とにかく、そんなムカつくやりとりがあった後に送られてきたジノリなのだった。

日向子はどっちでもよかったが、せっかくの好意が無になったと知った典子の怒るまいことか。

メールなんかじゃ収まらないから、直接電話してきたのだ。

「業者に賠償させなさいよ！」

「だって、これじゃあ無理よ。ガラスや陶器は一個一個新聞紙でくるまないと。それに緩衝材も入れなきゃ」

「前はこれでちゃんと届いたのよ。普通のタオルじゃないんだから。宮内庁御用達の高級タオルよ」

そんなこと言ったたって。

「割れ物指定もされてなかったたって」

「嘘。言ったわよ。気をつけてくださいねって」

「でも、伝票には雑貨としか書いてなかったし」

「口で言ったわよ。ジノリのティーカップよって」

「それ、雑貨なの？」

「はいはい、あんたはエライ」


「もう、ヒナちゃんはダメねえ。割れたのは運送中なんだから、責任を追及しないと」

なんで、わたしが怒られるのよ。こうなるから、典子との接触は鬼門なのだ。

ちょっとでも口答えしたら、逆鱗《げきりん》に触れられたドラゴンみたいに口から火を噴いて攻撃してくる。難を逃れたければ、機嫌をとるしかない。

「あの、でも、ありがとう。気を遣ってもらって」

当然の謝意を受け取って、ようやく典子は矛《ほこ》を収めた。余韻の鼻息を噴き出した後、やや優しげにこう言った。

「もう、あの業者は使わない。競争の時代なのに、気がきかないったら。ヒナちゃんも、宅配頼むときは他の業者にしなさいね」

「うん」

「ティーセットまだあるから、そのうち、取りに来て」

あんたのお古なんか、要りません！

心で言いながら、口では追従《ついしょう》のヘラヘラ笑いが出る。

「うん、そうする。ありがとう」

その後しばらく、典子が買ったばかりの新しいティーセットの自慢話を聞かされた。

そういうことか。新しいのを入れる場所がないから、古いのを捨てるかわりに送りつけてきただけのことなのだ。

本来なら「場所ふさぎになるけど、もらってくれたら嬉しいんだけど」とか、下手《したて》に出るべきではないか。わたしなら、そうするわ。今のところ、人に何かあげる余裕ないから、しないけど。

典子の自慢話に心の中でいちいち突っ込みを入れ、ひそかに憂さ晴らしをする。だが、なかなか終わらないから、嘘をついた。

「ごめん、シャケが焦げそう」

サーモンではなくシャケと言ったのは、ささやかな当てこすりである。

「そんなの、電話しながら、できるでしょう」

「わたし、二つのことを同時にできないのよ」

「わたしなんか、いつも同時進行よ。電話しながら料理するとか、掃除しながらスペイン語の勉強とか。要領がいいってほめられるわ。わたし、ノロノログずぐずしてるの、イヤなのよ。人生は目一杯活用しなきゃ」

はいはい、あんたはエライ。

「わたし、グズだから。あ、誰か来たみたい。電話、切っていい?」

と、おうかがいをたてる。

以前、ドアホンが鳴ったと嘘をついて、典子が何か言う前に切ったことがある。すると、すかさずかかってきて「あんな失礼な切り方、しちゃダメよ」と、とんがった声で怒られ

「はいはい、あんたはエライ」


た。

「ああいうときは、申し訳ないけど、あとでかけ直しますとか、言うものよ。ほんとにヒナちゃんは常識がないんだから」

典子の自己中心は、非常識よりはた迷惑だと日向子は思う。わたしの神経を逆撫でするなんて、許さないわよ！　そんな感じで有無を言わせず罵倒するのだから、やりきれない。独裁政権下で暮らすって、こんな感じかしら。日向子はため息をつきつつ、毎度、典子のご機嫌をうかがう羽目になるのだ。

「切って、いい？」と下手に出れば、典子は「仕方ないわね。じゃ、また今度」と、先に切るのである。

「また今度」は、なしにして。心で言いつつ、通話が途絶えると、芯からほっとする。

「ヒナ姉ちゃん、まともに相手するからよ」

三つ下の妹、亜希子《あきこ》が餃子《ギョーザ》の皮をくるみながら、軽く答えた。

亜希子が亭主の杉原《すぎはら》と二人で切り盛りしている小さなラーメン屋〈ウルトラ麺〉は、日向子が鬱憤を抱えたときの駆け込み寺である。

しかし、押しかけるのは午後五時からの夜営業に備える休憩時間と決め、かつ、餃子作りを手伝いながらだから、ちゃんと気を遣っているのだ。時を選ばない典子と違ってね、と、日向子はひそかに胸を張っている。

だが、手を動かしながら言う愚痴に、妹が共感して慰めてくれるとは限らない。

「典子と話すときはね、相槌だけ打ってればいいの」

面と向かうと「典子姉さん」だが、二人だけのときは呼び捨てである。

「中味、聞かないの。ふーん、そーお、へーえ、すごーい。これの繰り返し。で、ときどき、典子姉さん、さすがねえ、わたしにはとても無理、えらいわ、すごいわ、よくやってる、とほめ倒す。そしたら、なんか、くれる。あんな操りやすい人、いないよ」

「あんた、何かせしめるために、あの人と付き合ってるの？」

「そうよ」

亜希子はあっさり言った。

「わたしには、そんなこと、無理だ」

亜希子はにんまり笑うと、席をはずした。そして戻ってくるなり、左手を差し出した。カルティエの腕時計をつけている。シルバーリングも。

「嘘、すごいじゃない」

「たいがい、服とかバッグなのよ。だから、これが転がり込んできたときは、さすがに、やったぜ、と思いましたね」

亜希子は左手首から上を光にかざして、会心の笑みを浮かべた。

「はいはい、あんたはエライ」

「何、言ったの」

「すんごい落ち込んでたから、典子姉さんは悪くない、自分のままでいいんだよ、神様はきっと見ているって言ったのよ。そしたら、大当たり」

得意げに鼻をうごめかす。

「あんた、よく、そんなこと言えるね」

あの超自己中心女のままでいいだと？

日向子なら、口が腐っても、言えない言葉だ。

「なんで？　簡単じゃん」

亜希子は時計と指輪をはずして、割烹着《かっぽうぎ》のポケットに突っ込んだ。

「あの人は、自分はこれでいい、人に頭を下げなきゃいけないようなことは何もしてない、自分は人に愛され、ほめられて当然の特別な人間だって思いたいのよ。注目を浴びたくてしょうがないってだけ。超さみしがり屋なのよ。可愛いもんじゃない」

「でもさあ、腹立たない？　なんでも上手にやれて、欠点なんかひとつもない、みたいに自慢されて」

「自分で言ってるだけだもん。本当にえらい人は、自分で言わなくても人が言ってくれる。自慢する人は、自分が言わなきゃ誰も言ってくれないって証明してるようなもんじゃん」

「……あんた、賢いねえ」

「ダテに苦労してませんからね」

亜希子は成績もぱっとせず、中学の頃は髪を染めて暴走族の彼氏を作ったりして、家族みんなを心配させた。高校になると改心したが、どこか遊びながら生きているようなちゃらんぽらんなところがあり、ＯＬになってすぐに杉原と社内結婚。彼が会社を辞めて、転職を繰り返す間は、いつ離婚して戻ってくるかと、これまた気をもませたものだ。

杉原はついに行き暮れて、親がやっていたラーメン屋を継いだ。日向子の実家である森村の父は、鉄鋼関係の堅いサラリーマンだった。そのせいか両親も日向子も、小さなラーメン屋のおばちゃんになった亜希子を「格下に転落した」と見る傾向があった。

だが、それから十年が経ち、店は小さいままだが、つぶれもせずに三人の子供を養った。亜希子の頑張りは認めてやらねば、と日向子は思っている。

図太いおばさんに成長した亜希子にとって、心にもないお世辞《せじ》をばらまくなんぞは朝飯前。典子の買い物に毎度付き合うのも、大量のお下げ渡しがあるからだそうだ。

「あの人、買い物依存症だから、服でも食べ物でも、持ちきれないくらい買わないと気がすまないのよ。でも、買うのが好きなのであって、ものに執着はない。だから、すぐくれる。いいじゃない。買い物したり、ほめられたりしてれば幸せなんだから」

典子が幸せになるなんて、日向子は気に入らない。

「はいはい、あんたはエライ」

3

典子が電話をかけてきた。それだけでもゾッとするのに、猫なで声でこんなことを言う。

「ヒナちゃん、折り入って話があるんで、時間とってもらえないかしら」

イヤよ。

ニべもなくそう言いたいが、逆らえない。

「いいけど、どんな話？」

「ちょっとした相談事。ヒナちゃんとこ、土曜日、休みよね。お昼にでも来てくれない？

ランチ、ごちそうするから」

典子が日向子に相談を持ち込むなど、空前絶後だ。心ならずも、好奇心が動いた。

「あんまり長居できないけど」

「わかった。じゃ、待ってるから」

それだけだ。「悪いわね」も、「ありがとう」もなしかよ。まったく！

そういう女だとわかっていても、慣れることができない。毎度、腹が立つ。

しかし、約束は約束だ。相談の中味も知りたいし。あの自慢屋が持ち込む相談とは、果たして？

典子の家は、タワーマンションの高層階にある。九〇年代に完成したときは見るからにピカピカの金持ち住宅だったが、経年劣化は否めない。

室内は、グレーと紫だけで構成されたプリザーブドフラワーといい、リビングのガラステーブルにわざわざクロスしてかけられたエスニックな織物といい、おしゃれにきめ過ぎで、ショールームみたい。とか、日向子の無意識は、無理にも悪口の種を見つけずにはいられない。

夫はゴルフに行っているとのことだった。そして、最近話題のオーガニック・レストランからお取り寄せのサラダとベジタブル・カレーを食べたあと、典子がいそいそと取り出したのは、賃貸物件の見取り図だった。

高級住宅地として有名な地区の一戸建てだ。瀟洒《しょうしゃ》な三階建てを数人がシェアして、仕事場として使っている。その中の一人が出ることになったため、後釜を探しているという。

「実はわたし、自分のスタジオというかアトリエというか、そういう部屋を借りたいと思ってたのよ。だから、契約しようと思ってるんだけど」

保証人になってくれないかと言う。

なんで、わたしよ⁉

「そういうの、ご主人か親に頼むものでしょう？」

「それがね」

典子は目を伏せ、最初は小声で、やがて高らかに、夫に長年迫害され続けた可哀想な妻のアリアを歌い上げた。

夫は、典子が自分に尽くすべきだと思っている。だから、典子が自分の世界を持つのを嫌がり、いくつかの習い事で見出した才能を伸ばそうとするたびに、抑え込みにかかった。

「やめさせられるの？」

「ううん。それより、ひどい」

典子はティッシュで洟《はな》をかんだ。そして、しゃくりあげながら、夫の言葉を再現した。

「おまえは思い上がってる。講師のおべんちゃらを真《ま》に受けるなんて、バカもいいところだ。おまえ程度の力でプロになれるかどうか、よく考えてみろって」

おー、よく言った。日向子は心の中で、拍手喝采した。そして、笑みを嚙み殺しながら、したり顔を作った。

「旦那って、普通、そのくらい言うもんよ」

典子は激しく首を振った。

「うちのは、ひどいの。心から軽蔑した感じで言うのよ。あの人、自分が世界で一番エライと思ってる。そんな人間とずーっと一緒にいて、上から頭を押さえつけられてるわたしが、どんな惨めな思いを強《し》いられてきたか、ヒナちゃんにはわからないわ」

「はいはい、あんたはエライ」

世界で一番エライと威張りくさってる人間の被害にならわたしも遭ってますけど。と、日向子は心の中で言った。

こんな経緯だから、夫に保証人は頼めない。父親はすでに亡く、年金暮らしの母親にも無理だ。賃貸物件の保証人は家族か親族が望ましいというから日向子に頼みたいと、典子は涙ながらにかき口説いた。

日向子は呆れた。仲がいいわけでもないのに、そんなことを頼むなんて、どうかしている。これって、この女には身近に頼りになる人間が一人もいないということの証明ではないか?

そう思うと嬉しくて、ゾクゾクしてきた。

あの典子が、自慢しまくってきた人生が実は惨めなものだったと告白している。平凡な主婦には想像もつかない不幸に泣く悲劇のヒロイン、そんな自己陶酔もたっぷり入ってるけれど、わたしの人生は虚飾に満ちてますと申告しているには違いない。

ホッホッホ。驕《おご》れる者は久しからず。

ずっと、この瞬間を待っていた気がする。

クジャクのように派手な羽根を広げて威嚇し続けていた典子が、尾羽打ち枯らして頭を垂れている様を見下ろしてやるのだ。しおらしくしている今こそ、積年の恨みを晴らすチャンス。

亜希子なら、「可哀想に」「大変だったわね」「ほんとに稲垣さんはひどい人」とか、同情の雨あられだろう。だけど、わたしはそうはいかないわよ。

そうだったの。幸せそうに見えたのに、人って見かけじゃ、わからないものねえ——なんて、どうかしら。キャー、興奮する！

それから、保証人の話を断るのだ。典子の思い通りになんか、させるものか。望みを打ち砕いてやる。

鼻の穴をふくらませ、気合いを入れたところで、ひとしきりすすり泣きに集中していた典子が先手を打った。

「わたし、今度という今度は決心した。独立する」

典子は真っ赤な目を見開いて、見得《みえ》を切った。

「占いに診てもらったら、何か大きなことに踏み出すなら今だって出たのよ。この家の方角もいいって。これは、運命なのよ。だから、ヒナちゃんも応援して」

日向子にとってそれは誉れでもある、とでも言うように、傲然と申込書を差し出すではないか。

心ならずも位負けした日向子は、たじたじとなった。

「わたし、そんな、保証人なんて、困るわよ」

「借金じゃなくて、賃貸の保証人だもの。名前貸してくれればいいだけよ。お金の心配は

「はいはい、あんたはエライ」

かけない。わたしにだって、貯金くらいあるんだから。いざとなれば、生命保険も解約するし」

「ダメよ、そんな。主人にどう言えばいいのよ」

「なによ、主人、主人って。ご主人が許さないと、なんにもできないの？」

典子は金切り声をあげた。いつものパターンだ。怒らせると、逆上する。しかし、その言い分はないだろう。

「そ、そ、そんな、あ、あ、あなた、そんなこと」

よく言うわね。亭主が許さないから何もできなかったのは、誰よ！

と叩きつけたいのだが、人を罵倒するにも訓練がいる。典子のように、カッとなると自動的に攻撃に転じる機能が備わっていない日向子は、舌がもつれて言葉にならない。

「と、とにかくね。そんな話、わ、わ、わたし、無理だから。誰か、他の人に頼んで。お友達、一杯いるんでしょう」

ようやく、皮肉で一矢《いっし》報いてやった。典子は唇を噛み、さっと見取り図を引っ込めた。

「そうするわ。ヒナちゃんを当てにしたわたしがバカだった」

もう、ムカつくわねえ。なんで、わたしが惨めな気持ちにさせられるのよ。

収まらない日向子は、〈ウルトラ麺〉に駆け込んで、事の次第をぶちまけた。

ランチタイムが終わり、休憩に入っていた亜希子は、自室に設置した中古のマッサージ

「はいはい、あんたはエライ」

チェアでブルブル揺れながら話を聞いた。

「また、始まったか」

「またって、どういうことよ」

「あの人、家を出たい、もう、旦那とは暮らせないって、ずーっと言ってるもん」

「……そうなの？」

「情緒不安定だからね。落ち込んだときは、一直線に現実逃避に走るのよ」

情緒不安定というのは、頷ける。つい今し方、泣き顔から一転して夜叉《やしゃ》になったのを見たばかりだ。思い出すだに、ぞっとする。

「優しい人と出会いたいとかも言ってるけど、あの人、お金かかる生活してるからね。何かと自慢たらたらだけど、自分じゃ稼げないんだから、妻の座を死守するしかないでしょ。それ、わかってるから、結局はずっと現状維持よ。でも、典子としては我慢に我慢を重ねてるわけだから、ときどき、出ていきます発作を起こすわけ」

「それだけのことなの？」

日向子は呆れ返った。ところが、亜希子は首を振った。

「一度、ほんとに別居したことあったよ。わたし、引っ越し手伝わされたもの。でも、一年もたずに戻った。家賃払うと、思いきり買い物できないから。買い物できないストレスと、旦那にイラつくストレスを秤《はかり》にかけたら、買い物できないほうが重かったわけね」

「で、亭主は、黙って別居させてたの?」

亜希子はマッサージチェアでガクガクしながら、頷いた。

「いずれ音《ね》を上げて戻ってくるって、わかってたんでしょ。典子の買い物依存症、黙認してるくらいだから、性格把握してるよ。依存症でも破綻《はたん》しないように、カードのチェックしてるしさ。だから、典子が旦那に頭押さえられてるっていうの、当たってるのよ。典子は旦那に管理されてる。それって、守られてると言えないこともない。ま、自分の財産と体面を守るためだろうけどさ。それに、やっぱり典子のこと、好きなんだろうし」

「えー、どこがいいのよ」

日向子には、まったくわからない。

「知らないわよ、そんなの。だけど、別れないんだから、彼にとってはいい女なんでしょ。典子だって、旦那から完全に離れたら、大事なお金と世間体と安心感がなくなるの、わかってると思うよ。だから、今度も口だけよ」

「そんな……」

日向子は拍子抜けし、どっと疲れた。

「わたしは、巻き込まれ損ってわけ?」

「別に、損してないじゃん」

「精神的被害を蒙《こうむ》ったわよ。呼び出されて、泣かれて、一方的に打ち明けられて、挙げ句の果てに怒鳴られて」

実害はなくても、典子は日向子の怒りと被害者意識をかきたてる。その結果、日向子自身が毒吐き最低女になってしまうのだ。

「まあまあ、抑えて。今度、ヒナ姉ちゃんの分も、何かせしめてくるから」

「要らないわよ、典子のお古なんか」

「ニナ・リッチのブラウスでも？」

「……」

それは断れない提案です。


それからまもなく、典子からメールが届いた。占い師を替えたという報告だ。

その占い師のご託宣によると、ここ三年は冬の時期だった。しかし、春はまもなくやってくると保証されたそうだ。

『もう少しだから辛抱しなさいと言われました。つらいけど、頑張ってみます』

それだけだ。この間の騒ぎには、ひと言も触れてない。ただ、こう続く。

『トロワグロのスープセットをそちらに発送しました。明日には届くはず』

これがお詫びの印？

ものより、言葉が欲しい。

この間は、ごめんなさいね。いつもいつも、ごめんなさいね。

いっぺんくらい、そう言ってみろ！

しかし、良識ある日向子は涙を呑んで『お気遣い、ありがとうございます』とメールを返した。

こっちが感謝しなければならないなんて、そんなの、ある？　ああ、腹が立つ！

「トロワグロ、要らないんなら引き取るよ」

例によって駆け込んだ〈ウルトラ麺〉で、亜希子が言った。

「それはない。トロワグロに罪はない」

「なんだかんだ言って、もらうんじゃない」

餃子の具をかき混ぜながら、亜希子が鼻で嗤《わら》った。

「もらうんじゃないわよ。お詫びの印を受け取って、広い心で許してやるのだ」

しかし、許しきれない。

「なんで、あんな人が親戚なんだろうなあ。関わり合いになりたくないのに」

「年中関わってるわけじゃないから、いいじゃない」

「ほんのちょっとでも関わっちゃうと、ただじゃすまないんだもの」

日向子は仰向いて、うめいた。

「対典子鎖国、したい」

「なによ、それ」

亜希子は笑い飛ばした。

「自慢屋で情緒不安定で怒るとコワイけど、典子はいい人よ」

「なんで、そう思えるの？　理解できない」

「ものをくれるのは、いい人」

亜希子は顔をあげ、にんまり微笑んだ。

「あんたって、ほんとに……」

亜希子みたいに割り切った人間のことを、どう言うんだろう。

ピッタリの言葉で罵《ののし》ってやりたいが、同時に羨ましくもある。日向子は唇を噛み、鼻から息を噴き出した。

「典子がいい人なら、わたしはなんなのよ。わたしのこともたまには、ほめなさいよ」

「やだよ。ヒナ姉ちゃん、ほめても何もくれないもん。ケチだから」

「堅実なのよ」

「そうとも言う」

まったく、憎らしい。しかし、亜希子が相手なら、ああ言えばこう言うの切り返しも、しまいに笑い話になるから、楽だ。

典子だと、そうはいかない。ひどい言葉を投げつけられなくても、ただ相対しているだ

「はいはい、あんたはエライ」

けで、典子は日向子の神経を逆撫でする。

この相性の悪さは、どうにもしょうがない。これも、前世の因縁でしょうか。

結婚にはつきもの

1

若い女たちが、結婚したがっている。

別に珍現象ではない。女というものは物心ついたときから、なぜか結婚を意識しているものだ。幼稚園児の分際《ぶんざい》で、「大きくなったら、××くんと結婚する」などと言い放ち、女房気取りでなにくれとなく世話したり、指導したりするのである。

日向子も気がついたときにはすでに、結婚願望があった。優しい旦那さまと可愛い子供に囲まれる幸せを無邪気に信じていた。

ところが、なかなか結婚できなかった。「この人と添い遂げたい」と思う相手に出会えなかったからだ。

この人と添い遂げたい——なんて、時代がかった言い回しだが、日向子はそれが結婚というものだと思っていたのだ。少女趣味にも、ほどがある、と、ようやく気がついたときには、二十八を過ぎていた。

運命的な出会いを夢想していたら、エライことになる。結婚と恋愛は、違うのだ。周囲には、結婚しない女もたくさんいた。そういう選択肢もあるのだ。だから、日向子は自分に訊いてみた。

あんた、ほんとに結婚したいの？

長考するまでもなかった。答はイエスである。なぜかわからないが、一人で生きるよりは結婚したかった。自分の家族を作りたかった。

ならば、運命の相手がどうこう言っている場合ではない。客観的に見て、いい夫、いい父親になれそうな人材を、草の根分けても探すべきだ。

結婚紹介業者の利用も考えたが、その前にプライドを捨てて、「結婚したい」「結婚したい」と友人たちに触れ回った。で、紹介されたのが一輝だったのだ。

仲立ちしたのは、すでに結婚している高校時代のクラスメイトだった。親友というほどの仲ではなかったが、日向子が恥も外聞もなく、先に結婚した彼女をしきりに羨んだところ、おおいに気をよくして熱心にお相手探しをしてくれたのだった。といっても、夫に相談しただけなのだが、夫のほうにも人脈があり、おかげで、日向子一人ではたどり着けない場所にいた一輝と結びつくことができた。人手は借りるものである。

おかげで三十になる前に式を挙げ、ハネムーンで子供ができた。

というわけで、日向子は今で言うところの「婚活」成功者である。けれど、十四年も経てば、願いが叶った喜びなんか消え去っている。で、思うのである。

結婚したがっているお嬢さんがた、よく考えなさい。結婚生活を構成するのは、自分と夫と子供、だけじゃないのよ。

そこには、夫の親がいる。これが、キツイ。

その昔は、妻とは相手の家に入り、婚家に仕えるものと見なされていた。だから、舅《しゅうと》姑《しゅうとめ》の存在をあらかじめ意識させられていた（らしい）。

しかし、昭和の後半になると結婚は当人同士のものという見解が広まり、妻は「仕える」ものではなくなった。かくして女たちは誰も、義理の親のことなど頭に入れず、結婚に向かってひた走ったのである。

ところが、いざ結婚してみるとやはり、新しい家庭には向こうの親との付き合いがもれなくついており、盆と正月には会いに行かねばならない。それだけでなく、向こうからも来る。それを止めることはできない。

御年七十六歳の政江《まさえ》は、メリー・ウィドウである。と、本人が自称している。

一輝に連れられて初めて挨拶に行ったとき、まだ六十二歳だった彼女が開口一番そう言った。

とっさに意味がわからず、日向子は曖昧《あいまい》な微笑を浮かべて一輝に視線を送った。すると、すかさず政江がコロコロ笑った。

「英語なんだけど、今の若い人には、もう馴染みがない言葉なのねえ。古いオペレッタの題名で、陽気な未亡人という意味なんだけど」

そうか。あのウィドウなのか。日向子にとってウィドウといえば、山口百恵の『ロックンロール・ウィドウ』だ。だが、そんなヒット曲があったことも忘れていた。

政江の夫、つまり一輝の父親はある寒い朝、心筋梗塞《しんきんこうそく》であっけなく逝った。

「六十七歳というと、若死によね。子供は二人とも独り立ちしてたとはいえ、一輝はあのときまだ、二十七だったわよね」

「うん」

話を振られ、一輝はしんみりとした面持ちで頷いた。

「照れがあって、じっくり話をしたことがなかったんだよ。だから、悔いが残ったね」

「お父さんも不器用な人だったからねえ」

母子で感慨にふける横で、どんな顔をしてよいやらさっぱりわからない日向子は、ただ曖昧な微笑を作り続けた。

実は、一輝との結婚の決め手になったのは、この家族構成だったのである。父親がすでに亡く、きょうだいはシングルの姉一人。母親は、その姉、孝美《たかみ》と同じマンションの違うフロアで一人暮らしをしている。

父親が急逝したあと、孝美が前から住んでいたマンションにかなり好条件の空き室が生じた。古い一軒家での一人暮らしは心細かろうからいっそのこと引っ越してこないかと、娘が勧めた話に乗ったのだ。

この状況を喜んだのは、日向子の母親だった。一輝は長男だが、おそらく、いかず後家の孝美がいずれは母親と同居するつもりに違いない。ということは、姑の面倒を見ずにすむ。こんな幸運は滅多にないと興奮した。

母は結婚生活の先輩らしく、あるいは嫁となる娘の母親らしく、義理の家族がもたらすストレスを熟知していたからだ、と、今ならわかる。

これが恋愛結婚だったら、親の意向など歯牙《しが》にもかけなかっただろう。だが、結婚のための結婚だったから、日向子は一輝と出会ったときから積極的に親に情報を流し、意見を聞いた。そして、母親の強力なプッシュを得て、一輝獲得に邁進《まいしん》したのだった。

かくて婚約の挨拶で対面した、メリー・ウィドウ政江の印象ときたら、最高だった。

白髪を美しくウエーブさせ、フレームにラインストーンをあしらった老眼鏡をかけた政江は、おしゃれでカッコイイばあさんだった。

趣味人で、俳句をひねるわ、絵手紙に凝るわ、海外旅行のツアーに単独で申し込んででかけるわ、一人暮らしを謳歌している様子を聞かされ、写真やら俳画やらを見せられて、日向子は素直に感心した。

「素敵だわ。尊敬します。わたしも、おかあさんみたいな（おばあさんになりたいと言いかけてあわてて修正）、年の重ね方をしたいです」

「おかあさんだなんて、古くさいわよ。政江さんって呼んでくれる？」

「はい！」

日向子はやりとりを逐一、母親に話した。母親は「へえ、文化人なのねえ」と感心していたが、当時まだ乳飲《ちの》み子の末っ子をはじめ三人の子供を引き連れて、毎晩のように実家でご飯を食べていた亜希子が横にいて、ひと言、吐き捨てた。

「それ、気持ち悪い」

「どこがよ」

日向子は、キッとなって反駁《はんばく》した。

「嫁と姑じゃなく、対等でいようってことでしょ。強い人なのよ」

「かもしれないけど、なんかさあ」

亜希子は冷ややかに鼻を鳴らした。

「なによ」

「やだな。そんな、目を三角にしないでよ。わたしはそういうの苦手だけど、ヒナ姉ちゃんがいいんなら、いいわよ。わたしがどう思うかなんて、どっちでもいいでしょう？」

「そうだけど、気分悪いわよ。ケチつけるなんて」

「ケチつけてるわけじゃないってば」

「ほらほら、くだらない言い合いしないで」

母がたしなめた。

亜希子の亭主杉原は長男で彼の上に三人の姉がいる。揃って、高校卒業がやっとのような、いかにも一度はワルを決めてました的な匂いをプンプンさせる一族で、何かというとつるんでワイワイ騒ぐ。

ひるがえって日向子の新しい家族はというと、夫の遺産と年金で優雅に暮らすメリー・ウィドウと、看護師として生涯シングルを貫く誇り高い（であろう）義姉。えらい違いである。亜希子は嫉妬しているのだと、あのとき、日向子は思った。そして、河埜家に対して、品下れる妹一家を恥ずかしく思った。

だが、亜希子の直感は、あのときも正しかったのである。

「政江さん」は、実にかんに障る姑なのだった。

政江は週に一度、手作りの総菜や旅行のお土産《みやげ》を携えて、河埜家にやってくる。当然、夕食はみんなで、ということになる。

「わたしはいいのよ。みんなと同じもので。気を遣わないで。大丈夫だから」

「大丈夫だから」って、どういう意味よ。

政江は、料理がうまい。手際がよく、盛りつけも美しい。レタスは火を通したほうがおいしいとか、ニンジンは皮ごとすりおろしてご飯に炊き込むとオレンジ色になってきれいだとか、教えてくれる。でも、必ず、ひと言つく。

「まあ、口出しして、ごめんなさい。年寄りの言うことなんか、気にしないで。ここは日向子さんの台所なんだから、日向子さんのやり方でいいのよ」

食べる段になると、日向子はどうしても気になって、政江の顔色をうかがわずにいられない。

「お味、どうですか。濃すぎません？」

「ちょっと、ケチャップがね、気になる」

「すいません。紗恵が好きなもので、つい」

「おふくろのは薄めにしろよ」と、一輝からのダメ出し。

「あら、いいのよ。一人だけ別に作るのって、面倒なものよね。男は、そういう主婦の苦労に気がつかないんだから。毎日のことじゃないもの。たまさか味の濃いものを食べたからって、そのぶん、寿命が縮むわけじゃなし。それに、この歳になったら、縮んだところでどうってことないわよ」

　そこで、コロコロ笑う。日向子も仕方なく笑顔を返すが、これってユーモアなんだろうか？　どう考えても、嫌味でしょう。

　この種のあら探しが、家事全般に及ぶ。

「あら、日向子さん、ハサミ、むき出しにしとくの。わたしはそそっかしいから、昔からハサミには必ずカバーをかけてたのよ。こうやって缶に立てていても、引き出しに入れてても、取り出すときに刃先に触っちゃうことって、あるものねえ」

　紗恵が小さいうちは、そう言われるごとにあわててハサミにカバーをかけた。つまり、注意が身につかないわけで、日向子のずぼらは不治の病なのである。だから、政江の当てこすりも年季が入ってくる。

「おっと、この家じゃ、ハサミにカバーはついてないのよね。もう、紗恵ちゃんも大きいもの。そんなの、必要ないわよね。でも、うちではいつもそうだから、カバーがないとつい、ドキッとしちゃうのよ。オホホホホ」

　ボールペンの蓋がない。キッチンのスポンジがへたっている。ブラインドに埃がたまっている。冷蔵庫のキュウリがしなびている。ポインセチアが枯れている。お玄関に脱ぎっぱなしのスニーカーの泥汚れは、洗えば落ちるんだけど。そうそう、日向子さんがいない間にクリーニング屋さんから電話があったわよ、一ヵ月前に出したコタツ布団をそろそろ取りに来てくださいって。なんなら、わたしが行きましょうか？——

これらの指摘のあとに必ず、「あらあら、いけない。これじゃまるで、口うるさい姑そのものだわね。ごめんなさい。いいのよ、気にしないで。日向子さんには日向子さんのやり方があるんだから」。

そりゃね。非は日向子にある。だらしないのが「日向子さんのやり方」なる強烈な嫌味を浴びせられても、しょうがない。一念発起して日常生活を是正し、政江にひと言も挟ませないようにすればいいのだ。

だがね。完璧に整理整頓された空間を想像すると、げんなりするのだ。

だって、どうせ、すぐにグチャグチャになるんだよ。加えて、グチャグチャが許せない潔癖さとか几帳面さが、日向子には徹底的に欠けている。おまけに、それを欠点と思ってない。おおらかでいいと、自己肯定しているのだ。

親がこうだから、当然、紗恵もだらしない。ついでに言うと、一輝だって脱いだら脱ぎっぱなし、新聞も雑誌もそこらに放りっぱなしだ。それは、きちんとした母親が全部片付けまくってくれてたからでしょう、と言ったのは、妹の亜希子である。

「一輝さんの面倒を見るのは、自分だけ。だから、ヒナ姉ちゃんが嫁で、あっちも喜んでると思うよ。主導権とるような嫁だったら、きっと戦争だね」

そうかもなあ。

「うちのネエちゃんたちは揃って強いから、お姑さんのこと、あのばばあ、いつクタバルんだろうなんてキツイこと、平気で言うもんね」

ネエちゃんとは、亜希子の義理の姉たちのことだ。六十近いのに金髪に染めたり、嫌煙のご時世に外で煙草をスパスパ吸ったり、娘のチュニックとレギンスを無断で借りてカラオケパーティーに行くような豪傑揃い。

しかし、根は悪い人間ではない。日向子はむしろ、好感を持っている。思ったことを何の装飾もなく、まんま口に出す単純さが、向かい合う相手としてはわかりやすくて、いい。

あのばばあ、いつクタバルんだろう、か。

だよなあ。実は日向子も政江に対して、そう思っているのだ。しかし、そう思うことに罪悪感があるから、とても口に出せない。

第一、政江はまだまだクタバリそうにない。病気ひとつせず、習い事にも旅行にも積極的で、ピンピンしている。だから、困るのだ。

だって、そのメリー・ウィドウ暮らしをさせるために、毎月三万円も供出しているのだよ。日向子の実家には、仕送りゼロなのに。

日向子のほうは両親健在で、しかも父親は六十八歳まで嘱託《しょくたく》として働いたし、わずかだが株も持っている。それにひきかえ、五十代で未亡人になった政江には子供しか頼るものがない――っていうのは、わかるけどさあ。

毎月三万円を政江の口座に振り込むたびに、日向子の心は無念の涙を流すのだ。

2

週に一度来てはチクチク嫌味を言う姑にブーたれていたら、いずれ「そんな日もあったわねえ。あの頃はよかった」とため息をつく日が来るであろうと、不穏なご託宣が下った。ときはスマイル・スマイルのランチタイム。予言の主は、パート仲間の蒲田である。

五十代半ば（詳細は秘す）まで生きてきた経験から慮《おもんぱか》るに、政江のような「こうでありたい老婦人の鑑《かがみ》」ほど、ちょっとしたことで人が変わるそうな。

「プライドが高いぶん、物忘れが増えたとかの脳が衰えた証拠が出てくると、パニックになっちゃうらしいよ」

その例として、高い教養と自立心を誇った親戚のばあさんのエピソードを披露した。

「トミさんっていうんだけどね。農協の事務員で生涯シングルで、いつも地味な服着て髪をひっつめて、見た目もしゃべり方もストイックっていうか、修道女みたいだったのよ」

女の子というものは、同性の先輩ならワルっぽく派手なほうが好きだ。だから蒲田も、幼い頃からトミさんが苦手だった。

しかし、大人になるにつれ、未婚が珍しい時代に「自立した女」をやったトミさんを見直すようになった。

「七十ちょっと過ぎた頃でも一人旅が趣味で、よく写真見せてくれたものよ」

トミさんは、旅先ではいつも若い人に話しかけ、「友達になる」のが自慢だった。

「年寄りより若い人のほうが話が合うからって。それ聞いたときは、ちょっとなあって思った。トミさんはよくても、向こうとしちゃ、仕方なく合わせてやったくらいのもんじゃない？　土産話聞くわたしだって、そのときは、素敵ねえ、トミさん、すごいわねえとか適当に言うもんねえ」

誰の世話にもならず、一人暮らしを楽しんでいる。いつも、そう言っていた。しかし、その一人暮らしのせいで、誰にも悟られないまま、認知症が進行していった。そして、被害妄想の塊になり、夜になると近所の家の前で「盗った金を返せ」と、大声で怒鳴るようになった。

「大声出すような人じゃなかったのよ。それがねえ。あんまりギャップが激しくて、その話を聞いたときは、同情するより先にぞっとしちゃった」

蒲田は眉をひそめた。日向子の背筋にも、冷たいものが走る。これこそ、ホラーだ。幽霊を見るより、よほど怖い。

「トミさんは親類とも疎遠だったから、結局、福祉のお世話になって施設に送られたのよ。

だけど、河埜さんの場合はねえ」

蒲田は早くも、日向子に同情の眼差しを送ってきた。

「旦那さん、長男でしょう」

「あの、でも、うちはお義姉さんがシングルで、しかも看護師で、お義母さんと同じマンションに住んでるのよ。だから」

介護が必要になったら、義姉の孝美が中心になるはず。という目論見《もくろみ》までは口に出せなかった。だが、蒲田は鼻で嗤った。

「そのお義姉さんに任せておけばいいと思ってるんなら、甘いよ」

「そんなこと、思ってません」

日向子は思わず、体面を繕った。だが、そんなごまかしが通用する蒲田ではない。

「そのお義姉さんだって、前はそう思ってたかもしれないけど、自分も年取ってくると、そうも言ってられなくなるもんよ。介護はしっかり分担しないと、どうしても恨《うら》み辛《つら》みが残るからねえ」

蒲田は介護経験者だ。それも、自分の両親と舅姑の四冠制覇。ほぼ十年かかり、時間とお金の負担配分できょうだい間の軋轢《あつれき》も経験した。だから、この件に関する蒲田の発言には、誰もが恐れ入って聞くしかない。

そのエキスパートはさらに、摩擦は家族間だけでなく夫婦間にも起きると示唆した。

「男って、母親の変わり果てた姿を認めたがらないから、妻にストレスぶつけるのよ。同居で在宅介護のしんどいところは、それね」

「やだな。脅かさないでよ」

笑って首をすくめてみたが、恐怖感は生々しく頭にこびりついた。

「変わり果てたなんて言い方、しちゃダメよ、蒲田さん」

と、同じく五十代（こちらも、詳細は謎である）のパート仲間、木内がたしなめた。

「誰も認知症になりたくてなるわけじゃないのに、そんな言い方したら、それこそバチが当たるわよ」

木内は母方の祖父が認知症になり、母親が苦労する姿を見てきたそうだ。

「優しいおじいちゃんだったのに、わたしのことも誰かわからなくなった。身体はなんともないのに、目が死んでるのよ。悲しかった」

木内がしんみりするので、さすがに蒲田も「ごめんなさい」と謝った。

木内は涙を拭うと、日向子に向き直った。

「認知症だけじゃない。脳梗塞とか骨折とか、年取ったら、そういう故障は起きるものと思ってたほうがいいわよ。だから、年寄りをいつまでも一人暮らしにさせてはおけないってことになって、いずれは家族の誰かが同居することになる。介護の苦労を考えたら、姑の嫁いびりと闘ってた頃のほうが楽だったと思うようになるっていうのは、わたしも同感」

木内の面持ちは、いつになく真剣だ。

「木内さんも、介護してるの？」

日向子が訊くと、木内はため息と共に頷いた。

「旦那の母親が、要介護2なのよ。旦那は三人きょうだいでみんな結婚してるんだけど、介護は回り持ちにしようってことになってね。環境がコロコロ変わるのはよくないというけど、一人に負担が集中すると文句が出るから、平等にやろうってことで」

「ほんと、介護には、これがベストって方法がないのよね」

頷く蒲田はつい先頃、最後まで生き残っていた自分の母を見送って、親世代介護課程を修了。「今がわが世の春」だという。

「もうすぐ六十になるけど（そこまでいってたかと、日向子ビックリ）、六十代が春になるなんて思わなかったねえ」

それくらい、四十代から五十代までの介護と看取りの連続はきつかったそうだ。だが、六十代、七十代になっても介護をしている老老介護ケースが少なくないだけに、六十前にすんだのはラッキーだったという。

「年寄りたちが倒れていったのが七十過ぎあたりからだったから、元気で楽しめるのは六十代一杯までだと思うのよ。だから、今からガンガンいくつもりよ」

なるほど、ガンガンいけそうなパワーは十分に感じられる。そして、木内に向かい、「もうちょっとだから、頑張ってね。ここ、やめちゃダメよ。職場が息抜きになるんだから。つらいことあったら、ここでわたしにぶちまけなさい」と、力強く励ましている。木内も涙ぐみながら頷いており、それは美しい光景だが、日向子には何の慰めにもならなかった。

一人暮らしの年寄りはひきこもりになりがちで、刺激が少なくなるぶん、人知れず老化が進む。だから、認知症になりやすい。とか。

しっかり者ほど、できていたことができなくなることに適応できず、老化による入院をきっかけに生きる気力を失ってしまう。とか。

苦労の先取りを頭に植え付けられてしまった。

そこに、スマイル・スマイルの女社長、渚左が加わった。

渚左も両親が相次いで倒れ、別々の病院や施設に送り込んで、面倒を見た。

週末ごとに車のトランクに大量の洗濯物やおむつなどを詰め込んで、両親を見舞う。弟夫婦との共同作業ではあったが、社長業の傍らだったから、思い返しても日向子は「よくやったな」と感心する。イライラ爆弾の炸裂も頻発したが、誰も文句が言えなかった。

仲のよい夫婦だったらしく、二年前の早春に父親が逝くと、晩秋に母があとを追うように亡くなった。二人の法事をすませた渚左は翌年、毎月のように海外旅行に出かけた。

「まさに、糸の切れた凧《たこ》だった。でも、心許《こころもと》ないっていうのとは違うのよ。すごく自由になれた。ほっとして楽しんでると、お父さんやお母さんを身近に感じたな。ご苦労さんって言ってもらってるような気がしてね。介護って大変だけど、悪いもんじゃないと、そのとき思った。だけど」

と、日向子を見やった。

「それは自分の親だからで、小さい頃からの思い出もいろいろある。介護するのは恩返しって思えるしね。でも、旦那の親だと、そうはいかないんじゃないかな。少なくとも、わたしは無理だ。けど、それも修行だよ、日向子」

なんて、他人事だから言えるんだよなあ。介護の負担を考えると、シングル女が心底羨ましい。

「そう言えば、旦那の親の介護はしないって人もいるのよね」

渚左は続けて、別のケースを披露した。

実業家セミナーで出会った、とある三十代の起業志望女性は、結婚するときに「自分の親の介護はそれぞれがやる」と協定を結んだそうだ。そして、夫の親が倒れたとき、それを思い出させた。

あなたの親なんだから、あなたが一人で介護するのは当たり前でしょう。そのかわり、わたしのときはあなたに頼らないから——そう言い放ち、夫も納得したというが。

「ほんとに納得してるのかしら」

木内が憎々しげに言った。

「うちは相身互いの精神よ。わたしがこれだけやったんだから、うちの親のときは旦那にも堂々と手伝わせるし、旦那もそのつもりだと思う」

「どっちにしろ、男は荷物運びとか車の運転くらいしか役に立たないんだけどね」

エキスパート蒲田は、いちいちひと言、つけ加える。

「ま、彼女も旦那に約束守らせたんだから、自分の親に何かあったら一人でなんとかするでしょう。自分の親だけなら、やれるもの」

渚左はあっさり言った。

「今の若い人って、それで通用するのね。羨ましいなあ」

木内がため息をつくと、蒲田が首を傾げた。

「だけど、それで夫婦といえるのかなあ。親の介護より先に、離婚しちゃうんじゃない？わたしが旦那なら、そんなこと言う女とはやってけないな。こっちが倒れたとしても、自分のことは自分でやって、とか言って、見殺しにされそうじゃない」

蒲田は鼻息荒く、見も知らぬ女の将来を決めつけた。

日向子は、政江に何かあったら、自分は介護の一翼を担うことになるだろうと思っている。そのぶん、もはや旧世代なんだなあと思った。あなたの親なんだから、わたしは知らないと言いたいのは山々だ。でも、言えない。

自分の親が倒れたときは、一輝にも心配してほしいし、介護を手伝ってほしい。同じ気持ちになれなくても、察するくらいはしてほしい。

それでこそ夫婦だと、思ってるよなあ、わたし。

思いがけず、夫婦の意義について思いを巡らせた。

これこそ、シングル女には到底わからない機微よね。そう思うと、いい気分になった。


それから数日後、三人家族全員が寝ぼけ眼《まなこ》で朝食を囲んでいる八時過ぎに、電話が鳴った。近いところにいた一輝がとり、すぐに深刻な顔になった。

やだ。ウソ。リアルな事態？

緊張して様子を見守る日向子に、受話器を耳に当てた一輝が暗い眼差しを送ってくる。

「わかった。とにかく、昼にでも顔出すから」

電話を切った一輝はまず、「ヒュー」と強く息を吐いた。そして、言った。

「おふくろが入院した。起き上がれないって、夜中に姉貴に電話があったそうだ。で、朝方、姉貴が車で病院に連れてって、即、入院。今、検査中だって。血圧が上がって、熱もあるらしい。くわしいことはまだわからないって言うんだが」

一輝は咳払いしながら、キョロキョロした。紗恵が眉を寄せて、日向子を見た。心配そうでもあり、迷惑そうでもある。

「紗恵はとにかく、学校行きなさい」

日向子が言うと、黙って頷いた。

「わたしはすぐ行くけど、あなた、どうする？」

一輝は心ここにあらずといった表情で、ほとんど無意識にハンカチや携帯をズボンのポケットに押し込んでいる。

「姉貴は、インフルエンザじゃないかって言うんだ。生命に関わるほどじゃないとも言ってたから、俺は朝一で会議だし、うーん」

決めかねているので、日向子が決断した。

「じゃ、出勤して。何かわかったら、すぐ連絡するから」

こうして紗恵と一輝を見送ったあと、日向子はしばらく茫然とした。

すぐに駆けつけるべきではあろうが、わたしが急いだところで何がどうなるわけでもないし、と、妙に冷えた気持ちがある。

これが、しょせんは他人の冷たさなんだろうな、と改めて思った。

あわててはいるが、パニックというほどではない。少しは何か食べていったほうがいいだろうかなどと考えている。とはいえ、一輝の食べ残しのトーストをかじってみても、飲み込むのがやっとだった。しかし、化粧をする余裕はある。

政江が入院したのは、孝美が看護師長として働いている医療法人経営の総合病院だ。そこまでハンドルを握る間中、さまざまな杞憂《きゆう》が日向子の脳を駆け巡った。

政江の身に、何が起きたのだろう。一体、これからどうなるのだろう。

今や介護は、人生後半につきものの仕事だと覚悟を決めておきなさいと、蒲田と木内に言われたばかりだ。でも、いざとなると、気が重いよお。怖いよお。

病院の駐車場に車を入れて、受付で孝美を呼び出してもらった。

五分ほどでやってきた孝美は、駆けつけた日向子を労《いたわ》る言葉もなく、いきなり「急なことで間に合わなかった」と言った。

3

急なことで、間に合わなかった——って、まさか、死んだの？

とっさにそう思い、片手で口を覆った。

「いつ、くたばるんだ」と思った罪悪感が盛り上がる裏に、「ウソ、ラッキーかも」なる悪魔のささやきが聞こえた。これで、月三万円の支出が減る。

「だから、お母さん、すっごく不機嫌よ。そのつもりで、調子合わせてね」

え？

ぽかんとした日向子に、ただでさえ貫禄たっぷりの風貌がナース服のせいで倍増した孝美が、「わかるでしょ?」のニュアンスを目で示した。

結婚してしばらくは、日向子はむしろ政江より孝美を苦手にしていた。看護師という職業は尊敬してやまないが、余計なことを言わず、無駄に愛想を振りまかない堅物然とした物腰が怖かったのだ。

だが、慣れてくると、人に尽くす仕事一筋に生きてきた女らしい質実剛健ぶりが好きになった。

まわりくどい物言いをしないし、家や家族に対する度を越した思い入れもない。現実的な判断力があり、そのせいで冷たい印象もあるのだが、自分も含めた河埜一家の中でもっとも頼りになる人物だと、日向子は思っている。だからこそ、彼女が政江の面倒を見るものと、あてにしていたのだった。

その孝美が、病室に案内しながら腹立たしげに説明したところによると、間に合わなかったのは個室の手配だそうだ。

深夜、政江はトイレに立とうとして起き上がれず、パニックを起こして孝美に電話をかけた。駆けつけて様子を見たところ、三十八度二分まで発熱していた。

年寄りは風邪による発熱で、足腰が立たなくなることがある。ただし、熱の自覚がない。

だから、「立とうとしたが立てない」現実にパニックを起こす。よくあることだそうだ。

とりあえず熱冷ましを飲ませ、氷枕を当てて寝かせた。仕事柄、むやみに救急車を呼ぶ迷惑がわかっていたから、夜が明けてからタクシーで連れていくことにした。

その冷静すぎる決断が、政江には不満だったようだ。七時前にタクシーに乗り込ませたときは、自力で立てるようになっていたものの、当てつけがましく（と孝美は言った）ヨロけて運転手にすがりついた。そして、孝美が勤務する病院に着いたときは、即、車椅子にへたりこんだ。

熱は市販の熱冷ましだけで、三十七度台まで下がっていた。しかし、「わたしは平熱が低いから」三十七度でも人よりダメージが大きいと、政江はことさら弱々しく訴えた。

看護師長特権で個室をなんとかしてもらえるだろうと政江は言ったが、孝美は「師長だからこそ」、そんなことはしたくないと答えた。

凛々《りり》しいわ。そのうえ、あの政江をぎゃふんと言わせたんだから、カッコイイ。

日向子はますます尊敬の眼差しで孝美を見つめるだけでなく、「お義姉さん、さすがね。えらいわ」とほめた。

孝美はじろりと日向子を見て、むっつり言葉をつないだ。

政江は六人部屋のそれでも窓際のベッドを提供してもらい、しっかりカーテンを閉め、点滴をされながら、「情けない」と泣いてばかりいる。個室に入れてやらないと、うっとうしくてかなわない。だが。

「お母さんの年金だけじゃ、個室の料金、まかなえないわよ」

おっと。てことは、個室料金を家族間で問題化させるわけですね。

頼りになる、あてにしている義姉ではあるが、すごく現実的な人物であることを忘れていた。

料金負担の重みで、日向子の気分は一気に悩ましくなった。

六人部屋は、すべて埋まっていた。検査をすませて、あとは昼食を待つばかりという時間帯のせいか、同室の患者さんたちは音を絞ったテレビを見たり、見舞客と話したり、ひたすら眠ったりと、それぞれにすごしていた。ただ政江のベッドだけが、外界を遮断するようにカーテンを閉めて、中の様子がうかがい知れなかった。

窓側に回り込むと、しおれた花のごとくぐったりと臥《ふ》せっていた政江が目を開けた。

「ああ、日向子さん、来てくれたの。ありがとう」

政江は早くも涙ぐんで手を差し伸べ、日向子を手元に引き寄せた。けっこう力があり、日向子は倒れ込むように丸椅子に腰掛けた。

「元気なつもりだったけど、やっぱり、年には勝てないのねえ。わたし、ほんとに怖かった」

新型インフルエンザの疑いもあったが、各種検査の結果、伝染性の弱い単純な細菌感染であると判明した。

「若くて元気なら、感染しても免疫力で治っちゃうものなのよね。でも、年とると、そういう能力が総じて落ちるから、すぐに高熱が出て弱ってしまう」

そばで、状況を記録したクリップボードに目を通していた孝美が、淡々と説明した。それを聞いて、政江は新たな涙をあふれさせた。

「もう、風邪もひけないのね、わたし」

「大げさね、お母さん。治療を受ければ治るんだから、大丈夫よ。冷やしただけで、ここに来る前に熱下がったじゃないの。元気なもんよ」

孝美が小声ながら、はっきりと叱責した。

「でも、立てなかったのよ。熱が出ただけで立てなくなるなんて」

しょげ返るので、可哀想になった日向子は、「大丈夫ですよ」と政江の手を握った。政江はギュッと握り返してきた。

孝美はうんざり顔で、「じゃ、また様子見に来るから」と出ていった。

政江は、見えなくなった後ろ姿の残像を睨みつけた。

「ずっと、あの調子なのよ。あんなに冷たい子だなんて、思わなかった」

「職業柄ですよ。おろおろするより、頼もしくていいじゃないですか。わたしだったら、どうしたらいいかわからなくなって、ワーワー泣いてたかも」

「泣くくらい、してほしいわよ。こっちは苦しいし、不安だしで、心細くてたまらないのに、ずーっと怒ってるのよ。まるで、具合が悪くなったのはわたしのせいみたいに」

政江は唇をとがらせて、日向子に言いつけた。その子供っぽさに、ぞっとした。子供返りしてる。てことは、もしかして、認知症の兆し？

認知症になると他人に対して攻撃的になり、やがて被害妄想が起きると聞いた。などと考えていると、昼食を知らせる院内アナウンスが響いた。日向子はこれ幸いと帰りかけたが、政江に引き止められた。食べ終わるまでいてほしいと言う。

「どうせ、たいして食べられないから、すぐすむもの。こういうところで、一人でぼそぼそ食べるの、わびしくて、つらいわ」

その気持ちは、わからないでもない。病院というのは、気の滅入る場所だ。日向子は自分も空腹でしょうがなかったが、仕方なく昼食に付き合った。

食べきれないからかわりに食べてと言われて、少し口に入れてみたものの、病人食はやはり味が薄く、くたくたに煮込んであるうえ冷えていたので、おいしくなかった。

病院を出てすぐ、最寄りのファミリーレストランに飛び込み、パスタランチを注文した。たっぷりのトマトソース。追加で注文したチョコレートムース。そして、カフェラテ。

ああ、普通に健康って、素晴らしい！

満足して、ファミレスのテーブルに居座り、だらだらと一輝と実家の両親、そして亜希子にも経過報告のメールをした。一輝からはすぐに、会社帰りに病院に顔を出すから帰りが遅くなる旨の返信が届いた。日向子の母親からは、今後を心配するメールが返ってきた。母も「ついに来たか」と、思っているらしい。

すごく元気そうだから、三日もすれば退院できるだろうと、安心させるためのメールを打っているところに、孝美からの電話が入った。まだ近くにいるなら、病院にもう一度寄ってほしいと言う。

イヤな予感がしたが、断るわけにはいかない。

顔を合わせると、孝美は日向子を伴って、エレベーターに乗った。最上階の「関係者以外立ち入り禁止」のプレートがかかるドアを開けて、中に入った。

さまざまな機械類の間の狭い通路を抜けると、屋上に出る。浄水槽があるだけで殺風景だが、観葉植物の大型プランターがあり、青々とした枝葉を空に伸ばしていた。病院という施設の性格を思うと、この解放感は格別だった。

孝美はパイプチェアに日向子を座らせ、メモと鍵を渡した。政江の部屋のものだ。入院生活に必要なものをとりまとめて、持ってきてほしいと言う。

着替えのパジャマに下着にスリッパ、ゴミ箱、洗面用具、ブラシ、ローション、マグカップ、ポット、老眼鏡。

これらの「入院グッズ」を、いずれ何度も使うようになると言われて、日向子はぞっとした。その顔色を見て取った孝美が、ぼそっと言った。

「そのうち、慣れるわ。それくらい、年中行事になる。それが、年をとるってことよ」

「なんか、暗くなっちゃいますねえ」

「何言ってるの。当たり前のことじゃない。小児ガンで十歳になる前に死ぬ子もいる。三十代でこれからってときに、交通事故で生命を落とす人もいる。それに比べたら、七十過ぎまで好き勝手やってきて、身体にガタがきたからって文句言うなんて、傲慢よ」

そりゃ、正論ですが。でも、もちっと、希望が持てるような言い方があるでしょう。

日向子は、孝美が「冷たい」と泣いた政江に賛同したい気持ちだ。

だが、孝美はさらに暗い声で、怖いことを口にした。

「正直言って、同じマンションにしたの、悔やんでる」

わ、蒲田の予言通りだ。

「あの人、しゃんとしてるように見えるけど、甘えん坊でね。夜中に電話で呼び出されるの、今回が初めてじゃないのよ。まあ、今回は本当に熱出てたけど、息が苦しいとか、お父さんが夢枕に立ったとかって、そのたびに呼び出されて、いろんな可能性があるから検査もしたけど、特に悪いとこはないのよ。一応、パニック発作の疑いということで、抗うつ剤や安定剤は出るけど、今時の年寄りはその種の薬、普通に飲んでるものねえ。確かに、年のせいではあるけど」

孝美は重いため息をついて、よく晴れた空を見上げた。

「患者さんなら、まだ割り切れる。母親だから、腹が立つのかしら。わたしだって、シングルで年とっていくんだもの。寄りかかられてばっかりじゃ、きついわよ。在宅介護は、おたくみたいに、子供のいる家族のほうが安心なのよ。紗恵ちゃんはもう中学だから、体力あるし、頼りになる年頃だし」

だから、「何かあったら、引き取ってよ」と言われているような気がする。日向子は押し黙った。

しかし、その夜、一輝が言った。

「姉貴と話したよ。おふくろが介護が必要になったら、施設か病院に入れるつもりだって姉貴は言うんだ。けど僕は、それは最後の手段だと思ってる。だから、まあ、一人暮らしが難しいくらいの段階になったら、うちに同居させたい。姉貴も手伝うくらいはするって言ってる。ただ、同居は無理だって。自分だって年とるんだから、共倒れだけは避けたい、そういう例を山ほど見てるし、もう、そんな時代じゃないはずだって」

「それは、わかるけど……」

反論できない。それが、つらいところだ。

日向子は不満と不安を大きく顔に出すだけにとどめて、うつむいた。

一輝は声を励まして、さらに続けた。

「姉貴は姉貴で、自分の先行きの計画、立ててるそうだ。限界まで働いて金貯めて、老人ホームに行くんだとさ。だから、自分の面倒は自分で見るから、わたしのことは心配しないでって言ったよ」

それは、いいニュースなんでしょうか。

「まあ、おふくろはそうひどいことにはならないよ」

一輝は自分に言い聞かせるように、明るく言った。

「退院したら公民館の健康教室に通う、なんて言ってるから」

そして、元気で長生きするわけ？

そんなこと、無邪気に信じて、いいんだろうか。

翌日、政江は個室に移った。見舞いにいくと、早速、用を言いつけられた。

花と花瓶をお願いね。モーツァルトのCDとプレイヤーも。新鮮な果物を毎日食べたい。新品の明るい色のパジャマを着たい。スリッパがみすぼらしくて恥ずかしいから、しゃれた室内履きを買ってきてほしい――。

それらの出費は、請求しない限りは、日向子の財布から出る。そのうえ、個室料金は孝美と一輝で折半になるだろう。こんなことが度々起きるなら確かに、月三万円に泣く日々が早くも懐かしい。

「しょうがないのよ、河埜さん」と、蒲田と木内が日向子を諭した。

「みんながやってることだから、不幸がったり、不安がってもダメ。やるしかないね」

これで、暗くなるなと言われてもねえ。何か、いいことないの？

悲しくうなだれる日向子に、エキスパート蒲田が言った。

終わったあとに、人生最高の春が来る。

ドラマチックがとまらない

1

奥様がいる人と承知の上で、男と女の仲になりました——。

なんてことを電話で告白された日向子は、「う」とひと言、呻《うめ》いた。

これが我が身に関係のある告白なら、「う」さえも出ないのではないかと思われる。だが、電話をかけてきた篠崎文《しのざきあや》が「男と女の仲になった」相手と日向子は、一面識もない。

ただ、文の仕事上のボスであるということだけは知っていた。かつ、文と彼が「男と女の仲」になりそうな雰囲気であることも、これまでの経緯から察知していた。

けれど実際、「男と女の仲になった」と聞かされると、ある種の不快感で喉が詰まった。

大体、「男と女の仲になる」という表現がよくない。やたらと古くさく、湿っぽくて、すごーくいやらしい。『四畳半襖《ふすま》の下張』みたいな（って、『四畳半襖の下張』の内容がどのようなものか、日向子はまったく知らない。エロ小説の名作という豆知識だけ、いつのまにか頭に入っているのだ）。

それはともかく、そんなことを告白された身として、なんと答えればいいのだろう。「それは、よかったわね」は、ダメ。人の夫を寝取った女を祝福するなど、主婦道にもとる。

だからといって、「なんてことするの。奥さんの身になってごらんなさい」と叱りとばすのも、踏み込み過ぎみたいで気が引ける。

気分としては「どうぞ、ご勝手に」なのだが、それではあまりに愛想がなさ過ぎる。

文は愛想よくしなければいけない相手ではないが、気の置けない親友でもない。となると、日向子の対人センサーは自動的に〈当たり障りのない反応〉装置を作動させるのである。

で、「……そうなの」と答えた。

「そうなんです」

感慨深げにつぶやく文の声は、つい今し方まで男とイチャイチャしてました風に、妙にニヤけている。

「こんなこと、いけないと思ってたんですけど、彼の目を見たら同じ気持ちなのがわかって、それでもう、言葉もなく、気がついたら」

そこで一拍置くのがもったいをつけているみたいで、いよいよ憎たらしい。

「……そういうことに、なってしまって」

あ、そう。で、その喜びを誰かに言いたくて、辛抱たまらずわたしに電話してきたわけね。人妻に不倫話を聞かせる非常識を顧みず。

それとも、恋愛に無縁の主婦を羨ましがらせようって魂胆？

ムカつく。

だが、日向子は電話を切らず、怒りを表に出すこともなく、受話器を握り続けたのだった。


文は日向子より三歳年下で、大学時代のサークル、今となっては口にするのも恥ずかしい『マスコミ研究会』の仲間である。

毎週集まっては、雑誌やテレビ番組のあれこれをやり玉に挙げ、えらそうに批判して喜ぶというだけの非生産的なもので、日向子が参加したのは、ゼミの友人に誘われたのと、かっこいい男の子がいるかもしれないという期待からだった。しかし、文は違った。

新入生で参加したときからルポライター志望だと明らかにし、かつ、討論になると必ず誰かれ構わず、「どうして、そう思うんですか⁉」「それが正しいって、どうして言えるんですか⁉」と突っかかっていく武闘派だった。

日向子のような「ただ、なんとなく」そこにいる学生たちは、打ち上げの飲み会を楽しみにしていた。しかし、文はその飲み会でも討論を引きずり、論争の相手の隣に座って、話を続けたがった。

ほとんどのメンバーが、文を嫌った。ことに、女子学生は。

男の子狙いの彼女たち（含む日向子）にとって、あまりにも真剣に、しかも熱っぽく「マスコミ研究」に邁進する文は、まことにうっとうしい存在だった。ときに名指しで、「なんとか言ったらどうですか。なんにも意見、ないんですか！」とか攻撃してくるし。

それでも、日向子はすぐに卒業を迎えたから、「うるさい女」くらいにしか思っていなかった。後輩に、文がリーダーの男子学生につきまとい、いつのまにか彼女面をするようになったと苦々しげにチクられても、「ふーん」のひと言で受け流した。関係なかったからだ。

このように、親しく口をきいた覚えが一切なかったから、卒業で縁が切れて十五年も経ったある日、突然、電話がかかってきたのには、ただただ驚いた。

事前に、実家から連絡はあった。大学時代のお友達が連絡したいと言ってきたから、そっちの電話番号を教えたという。女の人だし、ハキハキして感じがよく、別に問題なさそうだったからと、母は言った。

篠崎文と名前を聞かされても、すぐには思い出せなかったくらいだが、サークルが一緒だったと言われて、ようやく記憶が蘇った。

だから、まもなく本人から電話があったときには、如才なく「あらー、元気？」と反応できたのだ。

「すみません。突然」

文はまず、謝った。なるほど、母親が「感じがいい」と思うはずだ。

「驚いたけど、いいのよ。サークルの同窓会か何か？」

「いいえ。実は、おうかがいしたいことがあって。日向子さん、今、何なさってるんですか？」

これはまた、あんまりな切り口上である。日向子は鼻白《はなじろ》んだ。

「何って、子育て中の主婦だけど」

それが何か？という反発のニュアンスを滲ませたが、文は間髪を容れずたたみかけてきた。

「ご出産なさる前は？　マスコミ関係のお仕事についてらしたんじゃないですか？」

何よ、これ。身上調査？　狙いはなんなのよ、失礼ね！

と言い返してやればいいのだが、日向子はおとなしく質問に答えた。

「通信機器の会社に就職して、普通のＯＬやって、結婚して退職した。今は、小学生の娘と旦那の世話で手一杯ってとこ」

なんとなく、弁解がましくなる。

「そうですか」

文は失望のため息を漏らした。

「マスコミ研究会の人たちに電話かけてるんですけど、本当にマスコミの仕事なさっている人、皆無ですね」

何を言ってるのだ、この女は。日向子は軽く笑ってやった。

「わたしたちのは単なるサークル活動で、遊びみたいなものだったじゃない」

「わたしは本気でした」

はいはい、そうでしたね。

「でも、就職試験に失敗して、実家に帰ったんです。地方でも社会的に意味のある仕事はあるはずだから、頑張ろうと思って」

ああ、そうですか——。日向子にとっては、それで終わりの話である。ところが、文はそこから一人語りを始めた。

故郷に戻り（山陰地方の小都市である）、地方文化の担い手となるべく、ローカル新聞の別刷りやコミュニティ誌、求人誌など、小さなメディアの編集プロダクションに片っ端から電話して、自分を売り込んだ。

すると、仕事がみつかった。

「意志あるところに道はあるって本当だと、わたし、思いました」

当時の興奮を思い出したらしく、文の声は弾んだ。日向子は反対に、面白くなかった。

思い返せば日向子は意志とか、夢とか、希望とか、「そんなもの、ありましたっけ？」な毎日を送っている。というか、幸せな結婚をするのが意志であり、夢であり、希望だったのだが、結婚した途端に現実に呑み込まれて、あとは「あらあら、えーっと、これってちょっと、うーん、もう！」で過ぎていったのである。

文のやたらとご立派な発言は、日向子を落ち込ませた。だが、空気を読まない文は、どんどん話を続けるのだ。

社員契約はなく、カメラも録音機材も足代も自分持ち。ギャラは雀の涙だったが、実家住まいで精力的に仕事をかき集め、頑張ってきたそうだ。

わたしだって、子育て、頑張ったわよ。大変だったわよ。今でも、大変よ。少しはわたしの苦労を察して、ほめなさいよ。と、日向子は心の中で言い返すしかない。

さて、それなりに仕事を楽しんでいた文に、転機が訪れた。

故郷で唯一のミニシアターが、人手不足で困っていた。小さな地方都市に芸術の灯をともすべく奮闘する若き館長の情熱に前々から共感を抱いていた文は、低賃金のバイトを買って出たのだった。

ニュースリリース作り。監督を呼んでのトークイベント。名画の特別上映会開催。それから頭脳労働だけでなく、切符売りからトイレ掃除までこなす毎日は充実していたが。

「わたし、彼を愛してしまって」

なんですと⁉

それまで、左手に受話器を持ち、右手で猫じゃらしを振り回して猫と遊んでいた日向子の興味が、俄然、盛り上がった。

そんな超プライベートなことを、十五年ぶりに口をきく、それも親しかったわけでもない人間に話すか？

という疑問は、もはや頭の隅にも浮かばない。とにかく、ドッキリした。

誰かを好きになったという類いの告白話から、縁が遠くなっている。せいぜい娘の紗恵が、同級生の蔵田《くらた》くんを「好き」だと匂わせるのを耳にする程度だ。

友達はみんなママ仲間で、同じように子供のことで大わらわ。「好き」を話題にできるのは、タレントの誰それと決まっている。そりゃ、人に言えない「好き」物件があるかもしれないが、日向子は聞かされたことがないし、もちろん、自分の身には望むべくもない。

ドッキリの原因は、そこだろう。文の告白は生々しく、その生々しさが何事もない日向子の日常をブスリと刺したのである。

他人事なのに心拍数が上がって声もない日向子に構わず、文は先を続けた。

当時三十代半ばでシングルの館長が自分をどう思っているか、文にはわからなかった。わかっているのは、自分の気持ちだ。

八年というもの、二人で映画館運営に力を合わせてきた。その時間の中で、文は彼への思いを育んできたのだ。そして、もう、彼を愛する以外のことを考えられなくなった。だから、迷うことなく、ズドンと彼に気持ちを伝えた。

すると、彼は困惑した。そして、実は結婚するつもりの女性がいると言った。

「わたし、振られたんです」

文はけっこうさっぱりと、そう言った。

ほー。

人の恋愛談は聞いて楽しいものではないが、振られたとなると一転して、頬がゆるむ。大変、心地よい。

それにしても、普通、こんなことを話す場合は、相手を選ぶだろう。少なくとも日向子は、友達でもなんでもなかった人間に打ち明け話など、絶対にしない。

この女は、一体、どういう人間なんだ？

もしかしたら、振られた傷心を日向子に慰めてもらいたいのか？

日向子も今や、世慣れた主婦だ。心にもない慰めを口にするくらい、へのかっぱである。

その人とは、ご縁がなかったのよ。いつか、いい人に出会えるわ。人生、これからじゃない。とかなんとか、いくらでも言えるのだが、文が口を挟ませない。

「それで、わたし、目がさめたんです。わたしは、マスコミの仕事をしたいという初心を忘れてた。そこに戻らなきゃって」

それで、かつてのマスコミ研究会の面々の誰かに、つてを求めたのだという。ようやく話が、電話をかけてきた理由につながった。

しかし、日向子は最初の時点で、文の目的には応えられないことを告げている。

それなのに、文は全事情を（訊かれもしないのに）話し、日向子は聞き続けた。

「愛してしまって」、でも「振られた」という展開でやっと聞き甲斐が出てきたのに、さっさと立ち直りを目指されちゃ、面白くもなんともない。

日向子のふくれっ面はしかし、電話のせいで、文には見えない。文は妙に晴れ晴れと、先を続けた。日向子がさっきから「あ」とも「う」とも発言してないのを、気にもしない。

相手がどう思っているか、ここまで気にせずにいられるものだろうか？

ふてぶてしいって、こういう人間のことを言うのだろうか。

「これで、心が決まりました。上京して、一からやり直します」

映画館のトークイベントに招待した女性プロデューサーが語った「わたしはいかにして、今のわたしになったか」の経緯が、文の脳裏に刻まれていた。

彼女はもともとテレビ関係の下請け会社で働いており、現場でもらったたくさんの名刺を大切に保管していた。そして、上司と喧嘩《けんか》して会社を辞めたあと、名刺をくれた人全員に毎日電話をかけて、仕事の斡旋《あっせん》を頼んだところ、百二人目に応じてくれる人がみつかった。そこから現在に至る道が開かれたという。

「わたし、同じことをしてみます」

文はきっぱりと言った。

「振られたのはやっぱり、わたしに生き方を考えさせるためのショック療法だったんです。ミニシアターの仕事は楽しかったけど、今思うと、彼が好きだったから、彼と一緒にいるのが嬉しかっただけで、わたしのライフワークじゃなかった」

だから、なんで、わたしがあなたのそんな感慨を聞かなきゃいけないの？

ああ、面白くない。

「そう。じゃあ、身体に気をつけて、頑張ってね」

いい加減に話をまとめる日向子に、文は一年生のように元気よく「はい」と答えたあと、「お話しできて、よかったです。どうぞ、お元気で。では、失礼します」と言ってさっさと電話を切った。一人舞台の電話は、ゆうに一時間を超えていた。

六年前のことである。

突然電話をかけてきて、自分のことだけべらべらしゃべり、勝手に結論を出して、「では、お元気で」とガチャ切り。なんてことをされたら、誰だって怒る。

ところが、日向子は茫然とするばかりで、受話器を置いた後、ようやく怒った。「一体、なんなのよ。人をバカにして」と口に出して罵ったが、聞いて反省する者がそこにいないのだから、虚しさも倍増。

仕方なく、「ま、いいや。もう、会うこともないし」と、自分に言い聞かせて、あっぱれ大人の対処をしたのだった。

しかし、文の電話はその後も続いたのだ。

まず、最初の電話の一ヵ月後に現状報告が来た。

文は言葉通りに上京し、その晩宿泊したホテルからくだんの女性プロデューサーに電話をかけた。当初は、忙しいからあとにしてと何度か断られたが、粘りに粘って、ついに彼女から仕事を紹介された。

それは市場調査の下請けで、さまざまなアンケートの答を回収してデータをとる仕事だった。

そこからでも、人脈は作れる。山の頂上を目指すからには、裾野から登っていくしかないのよ——と、かの女性プロデューサーは言った。

「で、今、マンションも借りて、なんとかやってます。下請けですけど、取材して記事を書く仕事も、ちょっとずつもらってるんです」

弾んだ声音《こわね》から察するに、「意志あるところに道はある」を証明した自分を自分でほめているのだろう。

正直言って、日向子は驚いた。アポなしで攻め込んだら、うまくいった、なんて話が本当に起きるなんて、思っていなかったのだ。

現実は厳しい。物事というのは、然るべき手順を踏まないと先には進まないものだ。日向子は、そう思っていた。誰かに教えられたのでも、自分で痛い目にあって痛感したわけでもない。多分、それが世間の常識というものなのだろう。

だが、文は常識の壁を破った。そのことが、日向子にはショックだった。

文の電話は前回同様に長く、講演会やシンポジウムに足しげく出かけては積極的に質問し、お偉い先生方と数分間ながら親しく言葉を交わしたことを、こと細かに語り聞かされた。そして、また、「では、お元気で」で、さっさと切った。

そういう連絡が、年に二回の割で来た。そして、いったんかかってくると、長い。毎度、一時間三十分は続く。それも、会話ではない。文の一人しゃべりである。

この間、高名な××さんの講演会に行ったんですけど、彼が現代社会について話すことに違和感があったんです。この件に関しては、村上春樹さんの小説に書いてあった言葉が印象的で、すごく共感していたものだから、××さんに村上さんの小説を引用して反論したんです。そしたら、××さんが、なんたらかんたら、べらべらべら。

と続く。合間合間に、日向子はなんとかして割り込もうと努力した。

「そうなの」「うん」「ああ」「で」エトセトラ。それらの短い言葉のあとには「悪いけど、わたし、用事があるから」「玄関に誰か来た」「キャッチホンが」「娘が帰ってきた」「トイレに行きたい」を続けて、もって通話終了に至らしめるつもりだった。しかし、文がそうさせない。

「うん。あのね」で息継ぎをした間隙《かんげき》を縫って、敵は「そしたら、今度は○○さんがこんなことを言い出して」とおっかぶせてくる。それから先は洪水と一緒で、押し寄せてくる勢いを止めることはできない。ただ、押し流されるだけなのだ。

お人好しで気の弱い自分が、日向子はいとわしくも哀れである。神様はちゃんと見ていてくれるのかしら。

さて、かくのごとく仕事のステップアップに邁進しているかに見えた文が、「男と女の仲」方面にギアチェンジしたのは、去年のことである。

ビジネス書のライターとしてそこそこ稼いでいる人物がアシスタントを探していると人

づてに聞いた文は、何のコネもなかったが、またしても電話をかけて、押しかけ面接にこぎつけた。

都内某所にあるオフィスで面会した五十そこそこの彼は、社会的に意味のある仕事をしたいという文の訴えを黙って聞いた。そして開口一番、自分は女は採用しない方針だと言った。

「本当はそうなんだが、きみには何かがある。その直感を信じて、今回は例外を作る」

オフィスには他に、初老の経理担当と二十代のバイト青年がいた。彼は膨大な仕事を抱えており、下書きをする下請けライターを外部に何人か抱えていた。文の仕事は秘書のようなものだったが、彼はいずれライターとして独立できるように「育ててやる」と言った——。

きみには、何かがある。

その言葉を繰り返す文の声は、陶酔でとろけそうだ。それもムカつくが、日向子はそんな歯の浮くような台詞《せりふ》を平気で口にする男に、嫌悪感を覚えた。

無論、嫉妬が八割くらいあるのは否めない。「きみには何かがある」なんて、日向子は誰からも言われたことがない。人にはない「何かがある」と認められ、それを伸ばそうとしている文に差をつけられたようで、日向子は面白くなかったのである。

ところが、その後の文からの電話は「彼にこう言われた」の報告と、それを巡る悩みの告白ばかりになった。それも、二週間に一度と頻度が増してきた。例えば――。

「彼が、おまえにはユーモアのセンスがないって言ったんです。それでわたし、悩んじゃって」

ほー、いつのまにか「きみ」が「おまえ」になっている。そういう呼ばれ方を許している、ということは……と、日向子の思考はそっちに回る。

「それでわたし、今、ベルクソンの『笑いについて』を読んでるんですけど、難しくて」

ベルクソン。なんだ、それ。

「彼は仕事に行き詰まると、古今亭志ん生の落語を聴くんだそうです。だから、わたしも聴いてみたんですけど、何言ってるのかよくわからなくて。言葉が古いせいだと思うんですけど。このおかしさがわからないとダメだって、彼は言うんです」

日向子は、「そうなの……」と答えるのみである。

電話をかけてくるなら、「日向子さんはどう思いますか」とか、こっちの意見を聞くのが普通でしょうが。

ベルクソンも古今亭志ん生もよく知らないから、本当に聞かれたら困るけど、それにしてもこんな風に、あんたはただ聞き役だけやってればいいのよ、みたいなやり方は、失礼千万！

心は怒りで一杯である。それでも、日向子は文が話を切り上げるまで、聞き続ける。

なんでなんだ？

自分でも、わからない。

文の話の腰を折り、「あなた、彼におまえって呼ばせてるの。てことは、どういう関係なの。彼は結婚してるんじゃないの」と問い詰めたい。日向子が興味を持つのは、その一点だけだからだ。

だが、言えないのだ。口を挟む隙がない、というのは言い訳だ。

結局のところ、文は他人だ。あけすけに語り合える友達ではない。文は十二分にあけすけだが、日向子はそうなれないのだ。良識が邪魔をするのよね。良識があるって、損。

かくして良識ある善人であるが故に、日向子は毎度、突風が吹き付けて去っていくような文の電話攻撃に耐えてきたのだった。

しかし。出会って一年もたたないうちに「男と女の仲」になったとあっては、聞き流してばかりもいられない。

案の定というかなんというか、うまいこと言われて食われちゃっただけじゃないのさ。ふん！

ざまみろ的興奮が体内を駆け巡る。是非とも、誰かにベラベラしゃべりたい。不倫女への義憤（だと思う）を共にしてもらうには、主婦に話すべきだ。

ということで、スマイル・スマイルのティーブレイクで、パート仲間の蒲田と木内に「実はね、知り合いに不倫を打ち明けられて」と始めたら、渚左が割り込んできた。

「社長を仲間はずれにして、いじめる気?」

ま、いいか。

日向子は綿々と、文の一件を話した。三人の女は多大な集中力で傾聴し、話が終わるや、てんでに口を開いた。

蒲田は大変に憤慨し、その場で文を糾弾《きゅうだん》しなかった日向子をも責めた。

「他人事だからって、知らん顔してすむことじゃないでしょう。なにが、男と女の仲になりました、よ。腹立つわねえ。河埜さん、その男の奥さんにそのこと教えてやりなさいよ。ほっといたら、だらだら続けるに決まってるもの」

「そんなこと言ったって、連絡先わからないし」

日向子は唇をとがらせた。蒲田は目を三角にし、日向子を睨みつける。なんで、わたしを責めるのよ。

木内は「いいじゃないの。関係ないんだから」と、冷静だ。

「関係あるわよ。聞かされちゃったんだから」

蒲田は今度は、怒りの目を木内に向けた。

「木内さんは平気なの?」

木内は肩をすくめた。

「うちの旦那、この春から定年で、ずっと家にいるのよ。邪魔でしょうがない。誰か、面倒見てくれる人がいるんなら、ありがたいくらいのもんよ。今さら離婚は面倒だけど、できたら別居して、自由に暮らしたい。だから、離婚を迫らず、愛人の立場にとどまってくれて、しかもお金のかからない人がいるんなら、募集したいくらいよ」

「その点、どうなの」

渚左が身を乗り出して、日向子に質問した。

「彼女、なんか買ってもらったりしてるの」

「それは、ないんじゃないかな。自分の部屋に彼が来るときは、いいお肉奮発してご飯作るって、嬉しそうに言ってたくらいだから」

蒲田の表情がますます険しくなったが、渚左は興味津々でほとんど嬉しそうである。

「それって、マンション？　家賃は、男が出してるんじゃないの？」

「さあ、そこまでは知らない。上京してすぐ、古くて狭いけど安いワンルームマンションみつけて住んでるとは聞いたけど」

「男が彼女を囲ってるとしたら、東京だったら家賃は十万くだらないよね。で、給料が月、手取り二十万として、うーん」

眉間《みけん》にしわを寄せて、渚左は計算を始めた。

「給料は人件費だし、家賃も社宅扱いにしたら経費で落とせるな。で、彼女は社員として、しっかり仕事はしてるわけね」

「だと思う。能力を認められたい人だから」

「だとしたら、コストパフォーマンスとしてはまずまずか、それ以上ってとこか」

渚左は何に納得したのか、うんうんと頷いたが、蒲田は収まらない。

「愛人にかかる費用を会社から出すなんて、最低」

「いや、お金の援助は受けてないんじゃないかな。彼女、へんに真面目で、自立志向強いから」

日向子はつい、弁護する口調になった。

この世には、女が嫌う女というのがいる。その特徴は、同性の目から見ても明らかなセックスアピールだ。際立った美人ではないが、男の目を意識する本能が備わっており、表情や仕草のひとつひとつになんともいえない媚びがある。男に愛されることが生きる目的になっている女たちだ。

だが、文は違う。文には、媚びがない。男の目を意識して動くこともない。そもそも文には、他人を意識する神経がないのだ。

思い込んだら一途というか、一直線というか、鉄砲玉みたいにぶっ飛んでいく。しかし、飛んでいく先に、正しい的があるとは限らない。

「つまり、その男は、彼女の家で彼女の家にある食材で作ったご飯食べて、泊まって帰るわけね。ホテル代と外食の費用がかからない。それって、愛人としては理想的じゃない。うちに貸してほしいわ。できたら、長期預かりで下着の洗濯なんかもしてほしい」

木内の表情は、なまじ冗談とも思えない。毎日亭主が家にいるストレスは、相当なものと思われる。

「いやー、それだったら、男のほうが丸儲けじゃない。許せないよ」

渚左はシングルのせいか、愛人として付き合う女サイドから男を見て、憤懣《ふんまん》を募らせた。

「男にいいように利用されてるだけで、男と女の仲になったなんて喜んでるなんて、おめでたいにも程がある」

「そうよねえ。損してるよねえ」

渚左の指摘でようやく、日向子は文に同情する気になった。しかし、渚左は次の瞬間、

「それでも、恋愛してるほうが勝ちかもねえ」と、自分の正論に自分で水を差した。

「恋愛体質の女っていうのは、損得勘定抜きで恋愛に走るのが快感なわけだから、せこい男に利用されてるのがはたから見え見えでも、本人は幸せなのよね」

損得勘定抜きの恋愛。それは確かに、良識ある主婦にとっても、憧れである。

いけないと思いながらも、互いの目を見たらたまらなくなって、男と女の仲になりました——。

そんな風に「情熱に押し流される」経験を、日向子はしたことがない。このまま、未体験で死ぬのかと思うと無念だ。実に、無念だ。

3

文の不倫告白がもたらした不機嫌は、なかなか解消しなかった。

結婚しているのに、子供もいるのに、誰かが恋愛していると聞くと、恋愛沙汰とは一万光年くらい遠い位置にいる日向子の心はザワザワする。羨ましくも憎たらしく、憎たらしくも羨ましい。

渚左が口にした「恋愛体質」という表現も、やたらといやらしく（つまりは色っぽく）、なんかムカつく。

「いつから、恋愛体質なんて言葉ができたわけ？　要するに、惚れっぽいってことでしょう。ふしだらとか尻軽とか、そういう正しい言葉が死語になっちゃったのかしら。嘆かわしい」

義憤をもって世の風潮に抗議する日向子に、渚左は言った。

「惚れっぽい、ふしだら、尻軽、恋愛体質、どれをとっても、男がつきものの人生になるのよね」

「えー、そうなの？」

日向子は頬をふくらませた。

「彼女は、サークルのリーダーや映画館の館長に振られてるよ」

「まあ、中には恋愛恐怖症の男もいるからね。だけど、ある程度社会経験積んだ男にとっては、恋愛体質ほど都合のいい女はいないもの。年をとればとるほど、モテまくるんじゃないかな」

渚左はそこで、ため息をついた。

「その点、わたしは恋愛ダメ体質なんだよね。絶対、仕事を優先するし、上から目線で物言われると怒るし、めんどくさくなるとすぐ、あんたなんか二の次三の次よって態度とっちゃうし」

しょげる渚左を、パート三人女は「わたしたちは好きよ、社長みたいな女の人」と慰めた。そりゃ、そうだ。渚左のようなタイプなら、主婦の敵にはならないのだから。

かくのごとく、外野を騒がせておきながら、文からの電話はぷっつり途絶えた。音沙汰なしで二ヵ月が過ぎた。ということは不倫が滞りなく進展しているのだ。と思うだけで、日向子の唇はへの字に曲がるのである。

何かあったら、文は必ず電話をかけてくるはずだ。その何かとは、不倫の泥沼が招くゴタゴタに違いなく、それで文が悩み、苦しむことを日向子は期待しているのだ。それが正義というものでしょう?

そんな本音は隠して、妹の亜希子にまで文の不倫告白をチクったら、「事務所のボスとアシスタントができてるなんて、なんか古くさいねえ。貧乏くさくて、話としちゃ、面白くないなあ」と軽くいなされた。

「ヒナ姉ちゃん、その人のこと、一方的に電話をかけてきて、自分のことばっかしゃべる女だって迷惑がってたじゃない。その不倫女に比べたら、調子合わせて言いたいこと聞いてやったぶん何かくれる典子は、天使だね」

確かに、一方的に自分語りをする迷惑度において、従姉の典子と文は甲乙つけがたいものがある。

典子は自慢し、そのついでに日向子を批判する。結果として、日向子をムカつかせる。だが、その態度の底には、日向子からの共感や称賛や感謝の言葉が欲しくてたまらない「おねだり」のような甘えがある。つまり、典子は日向子という存在を意識しているのだ。

だが、文は違う。

日向子に向かってしゃべりながら、文は日向子のことを忘れている。日向子がどう思おうが、関係ない。ただ、聴衆が欲しいのだ。

こんな失礼なことって、あるだろうか?

それなのに、日向子はいつのまにか、文からの電話を待っている。

そして、ついに電話がかかった。いつも通り、適当な挨拶を交わしたあと、すぐに「実は」と始まった。

なんと、早くも彼の妻に付き合いがバレ、事務所を辞めることになったという。

「ああ、そう、それは」

おあいにくさまだったわね。やっぱり、あんたは都合のいい女に過ぎなかったのよ。浮気はしても、離婚はしない。所帯持ちの男って、結局はそうなのよね。

日向子は勝ち誇った。相手に顔が見えないのをいいことに、思いきりニンマリする。テレビ電話が普及する時代なんか、きっと来ないわよ。だって、顔が見えたら嘘がつけないもの。

ニヤニヤしながら、日向子は余裕で心配そうな声音を繕った。

「それは、大変だったわね」

「で、わたし、いったん実家に帰ることにしたんです」

いったんとは、どういう意味だ？

質問しなくても、文が全部話す。

近頃、無言電話が頻繁にかかってくる。きっと、彼の妻からの嫌がらせに違いない。その執拗さが怖くなった、どこか精神的におかしいのではないかと思う、とまで文は語った。

嫌がらせですって？　よく言うわよ、不倫女が――胸の中で罵りながらも日向子は、愛人に無言電話をかけ続ける妻に同情より恐怖を感じた。

そんなことが起きても、夫婦関係って続けられるものなのだろうか？　この場合、一番罪が深いのは、不倫する夫だよね。

思いを巡らす日向子をよそに、文の話はとっとと先に進んだ。

「わたし、さすがに疲れてしまって、気がついたら飛行機に乗って、故郷に向かってたんです」

気がついたら、ね。ありそうなことよね。あんたの場合。

「そしたら、空港にポスターが貼ってあって」

それは、市役所による町おこしプロジェクトのお知らせだった。

小さな地方都市のご多分に漏れず、文の故郷も商店街がすっかりさびれ、シャッターをおろした店舗が増えている。それら空き店舗を、意欲のある人に家賃一万円で貸し出すというものだった。

文が言うには「田舎だから戦災にも遭わなかったし、開発も遅れた」町には、昭和初期の雰囲気がそのまま残っている。この際、それを逆手にとって、歴史保存地区として観光資源にしようと、市と地元の商店街が手を組んだのだそうだ。

「わたし、そこで骨董と和雑貨の店をやろうと思いついたんです。もともと、柳田国男の民俗学や柳宗悦に興味があったし」

誰、それ。それに、もともと興味があったって、なんなのよ。もともとはルポライター志望だったんでしょ？

「で、彼に話したら、頑張れよ、おまえならやれるって励ましてくれて」

はい？

「別れたんじゃないの？」

気がついたら、内心の声が口をついていた。なるほど、「気がついたら」パワーは、良識やら常識を軽くふっとばしちゃうのね。

「物理的に離れるだけです」

文はあっさりと答えた。

「わたし、彼との結婚を望んでいるわけじゃないんです。でも、ことが明るみに出た以上、仕事の面でも彼との関係を保つのは難しいし、ビジネス書が向かないのもわかってきたんです。こうやれば儲かるみたいなことばっかり書くというのは、品性が卑しい気がして。だけど、彼が近くにいるとどうしても心が乱れるから、物理的に離れて、自分の道を探り直そうと思って」

文は妙に活気のある声で、こう続けた。

「愛が冷めたわけじゃないんです。彼もそう言ってます。わたしがわたしらしく生きるのを応援したいって」

ウッソー!!

なんなの、その甘ったるい弁解は。

そういうことを平気で言う男も、それを信じる女も、気持ち悪い！

主婦の日向子としては、妻の知らないところでそんな嘘くさいメロドラマをやっている不倫カップルの自己陶酔が、ものすごく腹立たしい。

「だから、今度、日向子さんに連絡するときは、きっと故郷からになります」

もう！　今日という今日は、このまま終わらせないぞ。

「ねえ。言って、いい？」

「何をですか」

日向子の反発に対応して、文も切り口上になった。

「ちょっと無鉄砲過ぎない？　もっと、いろいろ、じっくり考えて行動したほうがいいと思うけど」

「でも、それだと、わたしじゃなくなるんです」

文はきっぱりと、そして誇らしげに答えた。

「無鉄砲なのが、わたしなんです。情熱を抑えられない。バイタリティがすごくあるんです」

自慢されてしまった。

「でも、お言葉、嬉しいです。心配してくださるんですね」

日向子は呆れた。ここまで、人の言うことを自分に都合よく解釈できるなんて、才能ではないか？

「わたし、お店、頑張ります。また、ご報告しますね」

「……ええ」

「じゃ、お元気で」

「ええ、あなたもね」

頑張って、なんて、誰が言ってやるもんか、バカ‼

もちろん、この顚末はスマイル・スマイルの中年女三人組に報告した。

「ま、落ち着くところに落ち着いたってことね」

蒲田は満足そうだ。

「浮気男ほど、妻の手の平で踊らされてる孫悟空だってことよ」

「その彼女、別れてくれのひと言でさっと離れてくれるなんて、理想的じゃない。ますます、うちの旦那を紹介したいわ」

定年後、旦那が家にいるストレスを日々募らせている木内の口調は、冗談抜きの迫力がある。

「町おこしプロジェクトでシャッター商店街を活性化ねえ。ありがちだなあ」

ビジネスウーマンの渚左の興味は、そっちに向いた。

「日本中で、それ、やってるよ。アーティストを名乗る連中に好きなようにさせて、アートの街として再生を図るとかね。発想が全部、横並び。でも、うまくいくとは思えないなあ。和ものの雑貨っていうのも、観光地にはどこでもあるじゃない。漢字書いたTシャツとか、古い和服をリフォームしたバッグとか、風呂敷とか、和紙の便箋とか、下駄とか」

「社会派マスコミ志望が、どこでどうすりゃ、そんなところに行き着くの。行き当たりばったりって感じよねえ」

日向子は文を笑い者にできて満足したが、蒲田は真面目に眉をひそめた。

「いい年して、何やってるのって感じよ。我慢や苦労を一つ一つ積み重ねて、自分のポジションを固めていくのが年甲斐ってものじゃないの。わたしたちは子供の成長を見守り、この会社の成長も見守ってきた。そういう喜びって、大きいものじゃない？」

「ありがたいお言葉です」

渚左が頭を下げるので、蒲田は少し照れた。場の空気がほのぼのしかけたが、当の渚左が「でもね」と、水を差した。

「彼女のエネルギーを、わたしは認めたいな。あれをしたいと思っちゃ、スッパーン。誰かを好きになったら、ドッポーン」

渚左は右手を上下に動かして、ギザギザの直線を描き出した。

「落ち着くのがダメな人って、いるのよ。落ち着いちゃうと、ムズムズしてくるんじゃない？　で、これはなんか違う、わたしのしたいのは別のことだとか思うようになって、また、ドッカーン」

渚左の右手はあらぬ方向に伸び、パート仲間は思わず、その指先に視線をとられた。

「楽しそうじゃない、その人。ずっと盛り上がってて」

羨ましがる木内を、蒲田が「いいわけないよ、こんなの」と叱った。

「気分次第でフラフラしてるだけなのに、ご大層な理屈つけて、いい女ぶってるだけだってば。いずれ、ひとりぼっちになって、お金もなくなって、ぼろアパートの一室で腐乱死体で発見されたりするのよ」

「意外と、金持ちの後妻かなんかに収まるかもよ」

けっこうドリーマーな木内が反論した。

「で、大学の聴講生になって、源氏物語のお勉強なんかして、ああ、わたしも恋から恋への放浪者だったわ、なんて悦に入ったりして」

その仮説は、主婦たちにとっては快いものではない。言った本人の木内も含めて、下がりに下がったパートたちの士気を持ち直させるのも社長の役目とばかり、渚左が言った。

「もう、やめようよ。人の先行きなんか、どうでもいいじゃない。自分の行く末だって、どうなるかわからないんだから」

そうだ。どうなるか、わからない。とはいえ、文の人生は自分のより波瀾万丈だ。日向子は、そう思わずにいられない。

文が電話してくるのは、何か行動を起こそうと目論んだとき、そして、行動を起こしたあとだ。

今までの生活を捨てて、新しいことを始めよう——と、誰もが思う。そして、思うだけにとどめる。それが大多数だ。

しかし、文は思いついたら、本当にやる。愚かだと嗤うのは簡単だが、それだけではすまない何かが日向子の胸に突き刺さるのだ。

まもなく、文から封書が届いた。店で扱う商品を絵葉書に仕立てたという。この店の東京進出も夢見ているそうだ。

地方都市のシャッター商店街の中にある和雑貨の店。文が、そんなところで落ち着けるとは思えない。

落ち着いてしまったら、ガッカリだ。そんなの、つまらない。

文には、日向子には想像もつかないぶっ飛び方をしてほしい。そして、見事に失敗してほしい。

その顛末なら、何時間でも聞くぞ。自分がこんな厄介な「ドラマチック」人間ではないことを喜びながら。

思春期モンスター

1

娘の紗恵が中学二年になり、急に難しくなってきた。

何を考えているのか、さっぱりわからない。自分から話しかけてくることが、ほとんどなくなった。仕方なく、こちらから「最近、学校、どう？」と問いかければ、返ってくるのはたった一言。

「普通」

普通って、なんなのよ。

特に話すほどのことは何もない、という意味だというのはわかる。わかるが、問題にしたいのはその言い方だ。

仏頂面で、こっちの顔も見ずに、切って捨てるように言うのだ。可愛げというものが、まったくない。むしろ、接近禁止のプラカードを突きつけられたみたいだ。

親をなんだと思ってるのよ。腹立つわね。

中学一年までは、仲のいい母娘だった。交換日記までつけていたのだ。クラスメイトがやっているからというのが理由だったが、毎日の出来事や心の内を話し合えるなんて、理想の親子関係ではないか。そんなことを思いつく娘の素直さが、日向子には何より嬉しかった。

しかし、宿題があるからという理由で、日記は次第に三日おき、一週間おきと間隔があくようになり、夏休みを境に自然消滅してしまった。

最初のうち、「日記はどうしたの」と催促してみたが、宿題や試験を盾にとられているうちに、日向子のほうでもどうでもよくなってきた。

子供に手がかからなくなり、ようやく自由に時間が使えるようになったのだ。毎日、元気に登校し、夕方にはちゃんと帰ってくる。それで十分。

思えば、中高一貫教育の私立校を目指して受験勉強に明け暮れていた小学校五年六年は、きつかった。この先には、もっと大変であろう大学受験が控えている。

育児からの解放を心置きなく楽しめるのは、今のうちだ。日向子は、ママ友やパート仲間と会食したり、気の向いたときに映画を見に行ったり、好きなだけバーゲン会場で時間をつぶせる自由を謳歌した。

しかし、幸せというのは、つかの間の生命しかないのである。

中学二年になった紗恵は、言葉の通じない異次元の動物に変身した。

初潮は小六で迎えていたし、ブラジャーは中一でつけた。身体つきがどんどん女の子らしくなっていくことに戸惑っていたのは、むしろ本人だった。身に覚えのある日向子は、余裕で一緒に下着売り場に行き、いろいろと経験を話してやった。

不機嫌な顔をしていると、「今、生理なんだ」と気づく。そして、「わたしも二日目が一番ひどいのよ。やっぱり、体質が似るのね」などと言ってやるとき、母と娘ならではの連帯感や絆を感じて、なんともいえない喜びを感じたものだった。

女の子だもの。小学校にあがる前から、お洋服を買うときは親のあてがいぶちではなく、自分で選ばせるようにしてきた。いろいろ試着して、恥ずかしそうに、でも嬉しそうに鏡の中の自分を見つめる娘の姿は母性本能をくすぐり、なんでもしてやりたくなったものだ。

中学生になった紗恵が、ティーンズ雑誌のグラビアを繰り返し眺めたり、鏡の前でドライヤー片手に髪をいじくり回して過ごすようになったのも、日向子にとっては「女の子らしさ」の微笑ましい発露に過ぎなかった。

娘が順調に成長している。それは確かに、喜びだ。しかし、母親をないがしろにするのは、容認しがたい。

中二になった紗恵は、友達と一緒に新しいTシャツを買いに行くからお金だけくれと要求する。友達が行っている美容院でヘアカットをしたいとも言う。

そりゃまあ、友達がいるのはいいことだし、親より友達といるほうが楽しいというのも、わかる。おしゃれをしたい気持ちも、わかる。日向子だって、元・女の子だ。

しかし、したいようにさせるわけにはいかないのだ。

この件に関しては、立派な理由がある。

子供の本分は勉強することであり、おしゃれや遊びにウツツを抜かしてはいけない。加えて、しっかりした経済観念を植えつけたい。ねだればなんでも与えてもらえる習慣をつけてしまったら、ろくな大人にならない。お金というのは、簡単に手に入るものではないのだから。

大人になったら、その事実をいやというほど思い知らされるんだからね。

この深謀遠慮をもって、親は子供の要求を即刻却下するのである。しかし、子供はしょせん子供でアホだから、親を恨む。

ああ、親って損だわ。

紗恵がこの二週間、家庭内だんまり作戦を強行している。

目的は、小遣い値上げと携帯所持だ。

小遣いは一ヵ月二千円である。紗恵は、これが少なすぎるというのだ。それから、携帯。友達はみんな、五千円はもらっている。携帯だって、みんな持っている。だから、わたしも。

この手の要求はまず、母親が一人のときを狙ってなされる。母親のほうが落としやすいとなめているのだろうか。

とにかく、一輝がまだ帰ってこない金曜の夕方、夕食のカレーを煮込んでいた日向子の背中に、二つの要求が投げつけられたのだ。

日向子は振り返りもせず、「ダメ」と即答した。

すると、紗恵は「なんで⁉」と声をとがらせた。

なんで、うちだけダメなの？　うちはそんなに貧乏なの？

実に子供っぽい文句だが、ベタなだけにものすごくムカつく。

みんながしていることなのに、うちだけ——という決めつけが、ことに怒りをかきたてた。そういうことを言われたくない。

「携帯は高校になるまで待つって、決めたでしょう」

携帯については、中学入学の時点で学校から保護者に文書が回っていた。原則として、学校への持ち込みは禁止。どうしても必要な場合は、親が申請書を出すことになっていた。日向子と一輝は話し合って、携帯は高校生になるまで持たせないと決め、紗恵に言い渡した。そして、一年生の紗恵は素直に頷いたのだ。

ところが二年になった途端、「でも、みんな持ってるよ」と頬をふくらませる。

「学校で禁止されてるのに、なんで持ってるの。それ、校則違反じゃない」

日向子はサラダ菜を洗いながら（忙しい家事の手を止めてまで話し合うようなことではない、というアピールでもある）、校則を盾にとった。だが、紗恵はすぐさま反撃した。

「授業中に使っちゃダメってだけよ。みんな、休み時間になったら使ってる。ほとんど、親との連絡用だよ。安全とコミュニケーションのためじゃない」

そういう文部科学省推薦みたいな優等生の答を持ち出したら親をだませると思うのが、子供の浅知恵なのよ。

野菜の水切りをしたり、ドレッシングを冷蔵庫から取り出したり、忙しく立ち働くさまを見せつけつつ、日向子は諄々《じゅんじゅん》と正論を説いた。

「携帯のせいで悪いやつにだまされて、お金とられたり、殺されたりしてる事件があるじゃない。いじめの書き込みもあるんでしょう。あなたのためになりません」

「わたしはそんなのにひっかかったりしないよ。お母さんや友達との連絡用に使うだけよ。

あとは音楽のダウンロードくらいで、ゲームなんかしないし」

母親が夕食の準備を進めているのを目にしながら、突っ立ったままで文句ばっかり言うなんて、まったく芸がない。何か頼むならお手伝いしながらとか、譲歩を引き出す努力くらいしたらどうなの。

言えばなんとかなる、そうなるべきだと決め込んでいるみたいな態度のでかさが気に入らない。生意気だ。

もっとも、健気《けなげ》にお手伝いしてみせても、要求に応じるつもりはないけど。

先日も、携帯を持っている子供のほとんどがメール依存症になり、勉強をおろそかにしたり、深夜まで起きているという報道を見たばかりだ。

日向子はそれを紗恵に告げた。

「わたしは大丈夫なんて、持ってないから言えるの。持ったら、使いたくなっちゃうのよ」

わたしも、そうだもんねえ。携帯を新調すると、未知の機能が珍しくて、いろいろ試してみたくなる。一輝や友達にメールをして、返信が来ないと不安になったり、怒ったりして、催促のメールをまた送信したりする。ブレーキをかけられるのは、家計を預かる身だからだ。

「とにかく、たとえ携帯を持ってない生徒が学校中であなた一人になっても、許しません。

高校生になったら持たせるっていうのも考えものだって、お父さんと話してるくらいなんだから。受験勉強に身が入らなくなったら、困るのはあなたなんだからね」

「えー、それ、ひどい」

紗恵は悲鳴をあげた。

「中学生のうちは持たせない。それがうちのルール。携帯がなくても、勉強はできる。むしろ、携帯は勉強の邪魔です」

決めつけてやった。

あれをしちゃ、いけない。そっちに行っちゃ、ダメ。育児はダメ出しの連続だった。そうでもしないと、子供は危ないものに手を出し、行かないほうがいいところに行ってしまうからだ。

目が離せなかった。ずっと、叱りつけていた。その習慣が残っている。

子供はほめて育てなさいと、育児書には書いてある。そう心がけたつもりだが、ほめてやった記憶がない。

転んでケガをしないように、思いのままに食べ物を吐き出したり、手当たり次第に物を投げ飛ばしたりしないように、知らない子供と喧嘩をしないように、「コラ」「ダメ」「やめなさい」ばっかり言ってきた。

叱ると、子供は泣いた。泣きながら、言うことを聞いた。

そうじゃないと、困るのだ。世界は危険で一杯なのだから。

痛い思いをしてほしくない。その一心で携帯電話を禁止するのに、そのありがたい親心が子供にはわからない。

紗恵は唇をとがらせ、日向子を睨みつけた。

「じゃあ、お小遣いだけでも値上げして。二千円じゃ、なんにもできない」

そう来るか。どっちかひとつは勝ち取れると踏んでいるのだな。そうはいくか。

「なんにもって、何がしたいの。洋服だって美容院だって、お母さんがお金出してるでしょう」

「友達と遊びに行くと、お茶飲むし、電車やバスに乗るし、あと、本とかCDとか。二千円じゃ、映画一本見たら終わりじゃない」

「だから、どうしても必要なものなら、出してあげてるでしょう」

「嘘。映画は、もうちょっと待ったらテレビでやるとか言って、出してくれたこと、ない」

「だって、ほんとに半年もすりゃ、CSでやるじゃない」

「だけど、友達が映画館に行くっていうときに、わたしだけ、お金ないから行けないなんて、そんなの、ひどいよ」

それは、ひどい。

えーっと、そんなにいつもいつも、映画に行くお金をしぶってたっけ。思い出せない。話題の映画なら、内容を確かめて、出してやったような気もするが、あれはいつのことだったか。

いちいち覚えていられない。こっちだって、忙しいんだ。日々は飛ぶように過ぎていく。紗恵が中二になったことさえ、ときどき忘れているくらいだ。

中学二年で月二千円は、少ないのだろうか？　わたしが同じ年頃のときは、どうしてたっけ。全然、思い出せない。

いや、待て。問題は金額じゃない。お金に対する考え方だ。堅実な経済観念を身につけてもらわねば。

日向子は咳払いして、親の役割をはっきりさせることにした。

「あのね、お小遣いの額が決まってるのは、ちゃんと考えてほしいからなのよ。今月は映画を見るから他の買いたいものは来月まで待とうとか、そういう考え方が大事なの。ＣＤでも本でもソックスでも、今買わなきゃ消えてなくなるわけじゃないでしょう。そうやって我慢してから買うほうが、喜びが大きいのよ。欲しいと思ったらすぐ買えるなんてことになったら、お金や物の大切さがわからなくなります」

ううう、胸が痛む。これって、やりくりの話よね。お母さんだって、欲しいと思ったときに即、買いたいのよ。でも、我慢してるのよ。一杯一杯、我慢してるのよ。

そう言いたいが、親のプライドにかけて、言ってはいけない。

「――わかった」

紗恵は押し殺した声で言った。その夜から、口をきかなくなった。目も合わせない。一輝にもだ。事情を聞いた一輝が、携帯も小遣い値上げもダメだと改めて説教したからである。紗恵は、当てつけがましい没交渉で両親を罰するつもりらしい。

翌日の夜、「そうやって、ずっと黙ってる気？」と叱りつけた。すると、険悪な目つきでじろりと日向子を見た。

「言ったって、どうせ、わかってもらえないもの」

腹立つわねえ。

亜希子に訴えると、賢者の妹はあっさり「ほっときなさいよ」と言い捨てた。

「言いたいことがあれば、言ってくるよ。反抗して口きかないなんて、わたしたちだって、よくやったじゃない。子供の手口としては、初歩だよ。悔しまぎれに悪い子たちと遊ぶようになったら、ちょいと問題だけど」

「……そんなことになるのかな」

急に不安になった。うちの子は大丈夫と、言い切れるか？

2

携帯所持とお小遣い値上げ。その要求をはねつけられて、当てつけに親を無視する。それだけでは足りず、学校帰りに街をうろついて、わざと親を心配させるような行為に出るとしたら？

反抗期って、反抗のための反抗をするものなあ。ワルを決めてる同級生がカッコよく見える時期でもあるし。

日向子とて、ついこの間まで、少女だった。真っ直ぐであることが恥ずかしい思春期特有の自意識については、覚えがある。

だから、亜希子のなにげないひと言で、考え込んでしまった。

紗恵の要求を即刻却下したのは、正しかったのか？

もうちょっと、よく話を聞いて、考えてやるべきではなかったか？

少なくとも、「なにを言っても、わかってもらえない」無理解な親だと子供に失望されるのは不本意だ。だって、そうじゃないんだから。

「ヒナ姉ちゃん、それ、考え過ぎだよ。わがままはピシャリとはねつける。それで正解」

亜希子は鼻で嗤った。

「だって、悔しまぎれにヘンな方向に走るかもなんて、あんたが言うから」

「そういう子もいるってことよ。紗恵は大丈夫。子供のご機嫌伺いなんかしちゃ、ダメよ」

その言い方は、なんだ。妹のくせに、上に立って。

そりゃ、結婚が早かった亜希子は日向子より先に子供を産み、しかも、その後もポンポン産んで、ただいま現在、二男一女の母である。時期の上でも数の上でも、母親としては先輩といえるが。

だからって、そこまで威張るか。こっちにはこっちの考え方というものがあるのだ。

「ご機嫌伺いじゃないわよ」

日向子は憤然と言い返した。

「ただ、頭からダメと決めつけるんじゃなく、ちゃんと状況を聞いてあげたほうがいいんじゃないかと思ってるのよ。話し合って決めたことなら紗恵だって、むやみにムクレないだろうし」

「あーら、まあ。優雅だこと」

亜希子は皮肉るのである。

「女の子一人だと、そういう悠長なこと言ってられるんだ。羨ましいねえ、てか、そんなの、親の自己満足だと思うね。親と話し合うなんて、子供にとっちゃ、一番うっとうしいことなんだよ。そういうこと、わかんない親だから、紗恵は口きかないのよ」

喧嘩を売られた。

日向子はムッとしたが、情けないことに、怒ると頭が真っ白になって言葉に詰まるたちだ。だから、亜希子に言われっぱなしになってしまう。

子供というものは、口がきけるようになるとすぐに、「あれ買って」「これ欲しい」とわがままを言う生き物だ。子供を育てるとはその要求との闘いだ。経済観念を身につけるだなんて、そんな言い方で中学生が納得するわけない。うちは貧乏でお金がないとか、そのくらいわかりやすくないと。そりゃ、ヒナ姉ちゃんちは、お金に余裕があるかもしれないけど——。

最後に強烈な嫌味をかまされて、ようやく日向子は言うべき言葉を吐き出した。

「そんなこと、ないわよ。うちだって、やりくりに苦労してるんだから」

うう、悔しい。いろんな意味で、悔しい！

日向子が亜希子に胸の内を打ち明けるのは、グズグズ考え込みがちな自分の頭を整理するのに、物事を明快にさばいていく妹の単純さが役に立つからだ。

だが、妹との格差を意識せざるを得ない話題がある。

どこから見ても中流のサラリーマン家庭をやっていると、それなりの見栄がある。「一般的」「平均的」レベルは余裕で維持していると日向子は思いたいし、人にもそう見てもらいたい。

紗恵を私立に通わせているのも、中流サラリーマンの一人娘なら、このあたりが適当だろうと思ったからだ。公立より私立のほうが聞こえがいいし、安心だし……。

そんな本音は、高校一年と中学二年の息子を公立に行かせている亜希子には言えない。亜希子は小学五年の末娘も公立に進ませると言っている。

それだけではなく、息子の大学進学も考えてない。長男は板前修業、次男は旋盤工見習いでもさせようか、などと言う。実際、ろくに勉強しない二人に、「頭がないんだから、手に職をつけろ」とすでに言い渡してある。息子たちも納得したそうだ。

それは、今このとき、勉強せずにすむのが楽だからだと、日向子は思う。

社会に出れば、苦労が待っている。同級生が大学の夏休みで遊んでいるときに、自分は上司に尻を叩かれて働かねばならない。そのとき感じる無念と後悔は、いかばかりか。それがわかっているから、親たるもの心を鬼にして、子供を勉強に追い込むのだ。そう信じる日向子には、亜希子の決定が短絡に過ぎるとしか思えない。

そりゃ、大学進学にはお金がかかる。だが、どこの親も子供の進学費用のために身を削っているのだ。

「あとになって、無理やりにでも受験させなかった親を恨むってことになるかもしれないよ」

日向子は、姉として妹を諭した。だが、亜希子は肩をすくめるだけだった。

「だけどさあ、大学卒業したって就職できないかもしれないし、就職したって続かないかもしれないでしょ。いい大学出れば、いい会社に入れて、いい人生が送れるっていう時代は終わった。うちのが、いい例」

杉原はそこそこいい大学を出たけれど、結局はラーメン屋の跡継ぎに収まった。そここそ優秀だったぶん過信して、より上を目指して転職したものの、うまくいかなかった。今は妙に脂気が抜けて、白髪頭《しらがあたま》に巻いた手拭いがよく似合うラーメン屋のおっちゃんである。

「結局は、飽きず、投げ出さず、毎日ちゃんと働いて稼げるかどうかよ。うちのお兄ちゃんたちにはせめて、ちゃんと稼げる人間になってもらいたい。それに、板前も旋盤工も一人前になれば世界に羽ばたける技術職だからね。普通のサラリーマンより夢があると、わたしは思ってるんだ。親バカだけどさ」

亜希子はそう言って、照れ笑いした。

そうだね。どんな劣等生でも、どこかいいところがあるはずだと期待をかけてしまうのが、親というものよ。

涙ぐましい親心への共感から、日向子は「そうね。そういうの、カッコいいよ」と、ほめてやったものだ。

しかし、自分に息子がいたら、無理にでも受験勉強させて大学に行かせると、改めて思った（紗恵が通う進学塾も、最終目標は名門大学だ）。

確かに、大学を出たからと言って何かが保証されるわけではないが、高卒ですぐに社会に出すのは、不安だ。学歴社会は終わったみたいなことを亜希子は言うが、日向子はそうは思わない。白い目で見られるに違いないし、本人もコンプレックスに苦しむだろう。

世間並みではないと感じることで、人は苦しむ。そう思う日向子は、紗恵の「みんな、そうなのに、わたしだけ」という言い分に腹を立て、同時にひっかかった。

だから、ひそかにネットで、中学生の携帯とお小遣い関連の情報を当たってみた。

すると、携帯所持率42・1パーセントと67パーセントという二つの数字が出てきた。調査する団体によって、違う数字が出る。判断に困るじゃないか。真ん中をとって五割は持っているとすると、二人に一人は持っていることになる。

お小遣いの金額は、さる統計によると一番多いのが二千円から五千円のゾーンだ。これも、困る。二千円と五千円では、えらい違いだ。一緒くたにしてほしくない。五千円はやり過ぎだ。しかし、二千円は少ないほうだと考えられないこともない（微妙……）。

「世間並み」を気にする自分が情けないが、世間並みに達してないことで娘が傷つくとしたら、それはそれでやるせない。亜希子のようにバシッと突き放すことが、どうしてもできない。

だって、仲良し母娘だったんだもの。幼稚園の頃から、遊びも勉強もずっと一緒。毎日毎日、外から帰って来るなり「お母さん、聞いて、聞いて、あのねえ」と飛びついてきた。

そりゃ、いつまでもそうはいかないことくらい、わかっている。

でも、まだ中学生だ。ブラジャーをつけるようになっても、ボディーラインのメリハリはまだ発展途上だし、顔にはあどけなさが残っている。

してやれることがあるのなら、してやりたい。いつも笑顔でいてほしい。

だが、亜希子は遠慮会釈なく、日向子の親心を「甘い。激甘」と決めつけるのだ。

「やりくりに苦労してるなら、そのことを子供にも認識させなよ。それが、経済観念を身につけるってことじゃない？」

それも、一理ある。嫌味も言うが、亜希子はやはり、気のきいたことも言うのである。

「大体、携帯依存症になるのが怖いから、持たせるの禁止にしたんでしょ」

「そうならないように、部屋には持ち込ませないとか、親と決めた料金以上使ったらお小遣いで払わせるとか、成績が落ちたら取り上げるとかルールを決めたら、ちゃんと守ってるって。ネットで見た。だから、そういう方法もありなんだなあと思ったら、持たせてもいいような気がしてきたのよ」

日向子は紗恵に憎まれたくない。仲のいい母娘関係を取り戻したい。

それに、別の懸念もある。

「もし、携帯持ってないことで仲間はずれにされたり、いじめられたりして、精神的に追いつめられるようなことがあったら、そっちのほうが怖いし」

いじめが怖いのは、子供たちが大人にそれを悟られまいとすることだ。紗恵が、日向子から見れば突然、無愛想な別人に変身したのも、もしかしたら、殻をかぶらなければやっていけないことがあるからではないか？

そう考え出すと、どんどん悪いほうに想像がふくらんでいく。

「考え過ぎだってば。携帯使ったいじめのほうがすごいんだよ」

亜希子はそれも、一笑に付した。

「はっきり言って、ヒナ姉ちゃん、娘一人だけだから、親としてアマチュアのままなんだよ。うちみたいに三人もいたら、育ててやるだけで子供にとっては大恩なんだと思うわよ。どれだけ、大変か。それでも、子供は感謝なんか、しやしないんだから」

人数で勝ち誇られたら、日向子としても返す言葉がない。だが、選んで一人しか産まなかったわけではないのだ。結果論で、批判されてもなあ。

一方で、亜希子の考え方が図太く、ある意味で大雑把《おおざっぱ》になっているのも、三人の子育てに追われてのことだと思うと、姉としてはやはり、心にゆとりを持てない妹が哀れに思えてくる。だから、やんわりからかうことで、気持ちばかりの復讐をした。

「やりたい放題で親に心配ばかりかけてたあんたが、育ててやるだけで大恩だなんて立派なこと言うとはねえ。お父さんとお母さんに聞かせてやらなきゃ」

「それは、言いっこなし」

亜希子は気まずげに苦笑いした。

「親のわたしと、子供のわたしは別人格」

「そんな、都合のいい理屈、あり？」

「いい子ぶってたら、親はやれない」

そりゃ、名言だわ。


子供が一人だけだから、親としてアマチュアのまま。悔しいが、当たっているような気もする。

他の判断材料がないから、紗恵の一挙手一投足に振り回される。バシッと言ってやっても、そのせいで紗恵がムクレ、憎しみをぶつけてくるストレスから逃れるすべがなく、つい、子供にいい顔をしたくなる。

親としての自信がない。「これでいいのかな」と思い出すと、どんどんドツボにはまっていく。

だが、二男一女を育て上げた蒲田は、「数をこなしゃ、親として免許皆伝になるなんて、とんでもない」と言う。

子供が三人もいれば、お小遣いとはいえ、家計に響く。子供にも、そのへんのことはなんとなくわかる。だから、金額に関しては「上がそうだったから」のひと言で、下への抑えがきいた。

「きょうだいがいるほうが、子離れしやすいかもしれない。一人だけに集中できないから、逆に子供をほっとくのに慣れるからね。一人っ子の親には、一人っ子ならではの苦労があると思うよ。子育ての苦労は、みんな一緒」

そう言ってもらうと、ほっとする。ようやくフニャリと安心しかけた日向子に、蒲田の次なる発言が襲いかかった。

「お小遣いだの、友達が持ってるアレコレを自分も欲しいとか、その類いで喧嘩になるのは可愛いもんよ。我慢させるにしろ、願いを叶えてあげるにしろ、親の手の内にいる証拠だからねえ。そんなことより、ヒヤヒヤさせられたのは、娘が色気づいたことだった」

蒲田の末娘は、中学一年のときから、ストリート・ミュージシャンの追っかけをしていたそうだ。お小遣いを貯め、差し入れと称して飲み物や食べ物をプレゼントするやら、手編みのマフラーを捧げるやら、中学生の分際で「貢《みつ》ぐ女」をやっていたという。

「ぽーっとなってるところに優しくされたら、どうなるか。気が気じゃなくてねえ。痩せる思いしたわよ」

「そうそう。中学生って、そういうことへの好奇心も憧れも一杯だったよね。お年頃ってやつよ。そりゃ、お小遣いの額どころじゃないわ」

黙って聞いていた木内が、ほとんど嬉しそうに口を出した。

いやー、やなこと、聞いちゃったな。

3

十四歳はお年頃——だったっけ？

日向子の記憶では、中学時代は夢見る夢子さんで、恋に憧れたが、やりたかったのは手をつないで歩くとか、おでこへのキスにとどまっていた。そこから先は、「怖い」と思っていたのだ。

純真な子供だったのよね。われながら、カワイイ。

だから、紗恵もまだ子供の範囲内だと思っており、それだけに守ってやらねばならない保護者意識が強いのだ。

だが木内は、女の子は総じておませだから、早く大人になるものだと断じた。

木内が通っていたのはキリスト教系の女子校で、カリキュラムの中には聖書講義があった。一般人は知らないだろうが、旧約聖書の中にはしょっちゅうセックスが出てくる。無論、具体的な描写はなく、男が女の「寝間に入って、交わった」くらいのものだが、何を意味するか理解できた時点で、それはもうポルノである。女子中学生たちは旧約聖書の中から強姦や近親相姦の部分を探し出しては「福音を述べ伝える」と称して教えあった。

「あの『ロミオとジュリエット』のジュリエットも、十四歳よね。あの二人も、ちゃんとヤッてるもんなあ。もっとも、ジュリエットはその歳で嫁に出される運命なんだから、つまりは性的に大人になる年頃なわけで、好奇心満開なのも当たり前なのよね」

木内は勝手に納得しているが、今の日向子にはそんな感慨もほとんど、脅しだ。

携帯を持たせたら、デートの約束も簡単にできる。親といえども、子供の携帯ののぞき見はしてはいけないし。

やっぱり、携帯は禁止にしよう。

あ、でも、携帯なしでもデートはできる。手をつなぐくらいなら可愛いけど、それ以上のことは、まだ、しないでほしい。だけど、だけど、外で何をしているか、見張るわけにいかないし。

「で、蒲田さんちは、どうしたの」

焦って訊くと、蒲田は弱く笑った。

「適当にしなさいよって遠回しに注意するくらいしか、できなかった。うるさく言うと、すごい剣幕で怒るし。妊娠の心配までしてるなんて、とても口に出せなくてね。うちの子は大丈夫と自分に言い聞かせて、何も問題が起こらないように祈るしかなかった。結局、何も起こらずにすんだけど」

「そういうもんよ。女の子は賢いもの。十代で妊娠するような子は、家庭に問題があるとかで、荒れてるのよ。普通は大丈夫。河埜さんとこも、心配することないって」

木内があっさり言った。

「親は子供に、いつまでも子供でいてほしいと思ってるから大人扱いができなくて、逆に子供のことが見えなくなってるのよ」

それは、そうかもしれない。だけど……。

日向子と蒲田は最初のうち、子供がいない木内の前では「うちの子」話をしないと決めていた。けれど、「へんに気を遣われると、逆に腹立つ」と木内が言うので、遠慮しなくなった。

だが、木内のストレートな発言はときに、親心の弱みを突き刺したり、足をすくったりする。意地悪や皮肉で言っているのではないと、頭ではわかる。第三者だからこそ見えることがあるのも、わかる。

だから、蒲田も日向子も怒らない。だが、不快だ。親をやっていない人間に簡単に批判されたくないと思う。

「こんなこと、言いたくないけど」と、木内はややうつむいて続けた。

日向子は緊張した。蒲田もだ。さらに説教くさいことを言うつもりだろうか。

「子供に心配かけられるのは、ある意味、あきらめがつくじゃない。親にとって子供は永遠に子供なんだし、自分に似てるのもわかるから。鳶《とんび》が鷹を生むわけないよなとか、思えるし」

木内は悲しげなため息をついた。やっぱり、子供話に傷ついたのか。親じゃない人間に批判されたくないとムカついたのを、日向子は反省した。

だが、木内の嘆きは、それではなかった。

「わたしは子供ができなかったことは、仕方ないと割り切ってる。だけど、子供がいないぶん、旦那を甘やかした。それは取り返しのつかない失敗よ」

ああ、また、これか。しかし、日向子も蒲田も聞き役に回る。お互い様ですからね。

木内は、男は父親をやらないと大人にならないのだと、近頃、つくづく思うそうだ（そんなことはない、と、日向子は言いたい。一輝は十分、子供だ）。

子供がいれば、旦那だって妻が忙しいのがわかるから、自分の面倒は自分で見るようになっただろう。子供がいないぶん、こっちにも余裕があったから、細々《こまごま》と世話をしてやっていたら、それが当然になってしまった。

「なんにもできないのよ。お茶ひとつ、いれられない。自分でやりなさいよって言うでしょ。すると、目を丸くするのよ。え、なんでって。わたしだって年取って、しんどいんだから、朝から晩まであなたのご用をするのは疲れるって言ってやったら、そんなに大変なことさせてないって、今度は大ムクレ。この間なんかね」

木内の愚痴と怒りの溶岩流出は、途切れそうもない。

「ちょっと、ごめん。うちの子の要求をどうしようかっていうことなんだけど」

日向子はおそるおそる口を挟んだ。木内は、怒りの勢いをそのままに、「我慢させるべき。どうせ、ろくな使い方しないから」。

蒲田は、「お小遣いの値上げで手を打てば」と、少しは感謝させる作戦を示唆した。

パートとはいえ、社内では誰に対してもビシビシものを言う蒲田が、こと子供の問題に関しては意外なほど軟弱だ。日向子は驚くと同時に、親とはそういうものなのだとも思った。

蒲田が心配性の親から抜け出せないように、親にならなかった木内は、たくましい少女の心情を保持し続け、代弁しているのだ。

そして、日向子はやはり、心配し出すと止まらない過保護な母親なのである。

だから、またしても亜希子に相談した。

娘はこれからどんどん成長していく。つまりは、女になっていくわけで、それはいいが、性教育はどうすべきか？

親はこの問題に、どう立ち向かうべきなのか？

「また、考え過ぎる」と、亜希子は一蹴《いっしゅう》した。

そういうことは、親がなんとかするもんじゃないと言うのだ。

「考えてもごらんよ。わたしらだって、そっち系の話、親とするのイヤだったじゃない。親がヤッたから、わたしらが生まれたと考えるのもイヤだったでしょう。もともと、家族の間でする話じゃないんだよ。家族といえども、それは個人の領域で、プライバシーの侵害はしてはならない。うん」

亜希子は力強く、自分の言葉に頷いた。

そういえば、そうだった。自分はどうだったか思い返してみても、セックスに関しては「自然に覚えた」記憶しかない。親と話したのは、例の「赤ちゃんはどうやって生まれるの」という疑問をぶつけたときだけだ。六、七歳だったろうか。

母親は目をパチパチさせ、「神様が作るのよ」と答えた。幼い自分が、それで納得したかどうかは覚えてない。ただ、母親の困惑が不思議で、記憶に焼きついた。そして、のちにその理由がわかったとき、母親が感じた恥ずかしさを追体験したものだ。

セックスに関してオープンに話し合う親子って、確かに気持ち悪い。嘘くさい。

「で、うちでは、親戚の女連中が姪っこたちに回り持ちで話すっていうより、脅すことになってる」と亜希子。

いわく、男は簡単にやらせてもらいたいくせに、簡単にやらせる女をバカにする。男の子に大切にされたかったら、すぐにやらせない女になれ。うっかり妊娠したら、もう大変。他の子がおしゃれをして遊んでるときに、子育てでお金も体力もとられて、ボロボロになる。早く老ける。悲惨な人生――。

「親は言いづらいし、子供も親から聞くのはイヤだけど、他の人からならオーケーなわけよ。いやー、効くわ。うちの末っ子も中学になったら、やってもらおうと思ってる。最近は小学校のうちからデートだなんだ言ってるけど、本格デート願望が始まるのは、やっぱり中学生からだから」

そうなのか。子供が大人の階段を上り始めるのは、止められないのだね。


で、日向子は思いきって、帰宅するなり部屋に閉じこもった紗恵に声をかけた。

「話があるから、ちょっと来て」と言うと、紗恵はあっさり出てきた。だが、仏頂面である。

ダイニングテーブルで向かい合って座ると、まるで説教されるのが自分のほうみたいに日向子は緊張した。だが、深呼吸をひとつして、口を切った。

「携帯とお小遣いのことだけど、お母さんもあれから考えてみた。で、携帯はダメだけど、お小遣いの値上げは、お父さんと相談してみようと思う」

これ見よがしに紗恵は枝毛をいじりつつ、「わかった」とぶっきらぼうに答えた。

「だけどね。これで、ムクレたら何でも要求が通ると思ってほしくないのよ」

今度はキッと日向子を見た。鼻の穴がふくらんでいる。

「そんなこと、思ってないよ」

怒っている。それでも、日向子には嬉しかった。感情を殺した無表情に比べると、わかりやすく、生き生きして見える。

紗恵が、日向子のほうを向いた。日向子の言葉を聞き、日向子に自分の感情を伝えようとしている。通路が開いた。

ここぞとばかり、日向子は続けた。

「本当は、取り決め通りにしてほしいのよ。お祖父《じい》ちゃんやお祖母《ばあ》ちゃんも、お小遣いくれてるでしょう。紗恵は一人っ子だから、きょうだいが多い子より贅沢できてるんだから。悟《さとる》（亜希子の長男の名前である）たちから、どれだけ羨ましがられてるか」

「——わかってるよ」

再び、ふくれっ面でうつむく。だが、席を立たないのが嬉しい。日向子は調子に乗った。

この際、気になってることは全部言ってしまおう。

「もしかしたら、携帯やお小遣いのこと、いじめと関係あるの？」

「ないよ」

これも即答だ。だが、いじめは隠すものだから……。

「親にチクるの、イヤだろうけど、何かあったら言ってよ。いじめられてるんなら、転校という方法もあるんだから。いじめを報告しても学校は何もしてくれないとか、かえってひどい目にあうとか、そういうこと、わかってるつもりだから」

「だから、いじめじゃないよ」

紗恵はうんざりしたように、唸った。

「みんなが持ってるから、欲しかっただけよ。ダメならダメで、いいってば」

あら、そうなの？　だったら、なんで、あんな態度とったの？

今度は日向子が、納得できない。唇をとがらせ、日向子は迫った。

「お母さんに、嘘つかないでね」

「つかないよ」

「好きな子ができたら、隠れて会わないで、家に連れてきてね。怒らないから」

「そんな子、いないよ」

紗恵は心底イヤそうな顔をしながら、切り口上で答える。

こんなこと言ったって、無駄なんだよな。どんどん思い出してきた。日向子の母親も、「隠し事はしないで。お母さんになんでも話してよ」と、懇願したものだ。

母親になんか、話せない。十四歳の心は、そう思っていた。いろんなことを思い、感じ、考えていたが、話す相手は同い年の友達だった。でなければ、日記帳。

どうして、親に話せなかったのか。考えても、わからない。ただ、親との会話が面倒くさかった。干渉されたくなかった。わからないことがあっても、親に訊くのだけはイヤだった。何かを押しつけられる気がしたのだ。

親は「いい子」を求めている。でも、自分はそうじゃない。そんな思いが強烈に湧いていたから、「親の言いなりになる」のが一番、自分をダメにするように思えた。

思春期って、自分にも親にも手に負えない怪物だ。

だから、紗恵に説教しても懇願しても、無駄なのだ。気持ちは届かない。

一輝と話し合って、小遣いの額を五百円増額した。五百円じゃ意味ない、千円値上げしてくれと紗恵はゴネたが、五百円かゼロかだと、そこは毅然《きぜん》と言い渡した。

親としての自信はないが、親らしくあることは大切だと思う。でないと、多分、子供が不安になる。

紗恵の耳には今、小さな銀色の輪っかがくっついている。一応、ちゃんと銀細工だそうだ。耳たぶにかませるだけだが、ピアスのように見える。ひと組二百円。

見るからに安っぽい、おもちゃのようなものだ。それでも紗恵は嬉しいらしく、朝食のパンを頬張りながら、小さな手鏡で何度も髪をかきあげ、耳たぶに見入る。

可愛らしい、少女の持ち物。

ただ微笑ましい。でも、まもなく、恋とセックスへの憧れと好奇心が、娘を親から引き離す。

この問題に関しては、考えずにおくしか、ないな。親はただ、子供がちゃんと通学して、勉強にいそしんでくれるよう、スポンサーの役割を果たす。それだけでよしとすべき。なんて、割り切れませんって。

心配して、口出しして、うっとうしがられる。しょうがないよね。親なんだから。ああ、親って、損。

狸男《たぬきおとこ》に未来はあるのか

1

この世には、息をするように嘘をつく人間がいる。

誰だって、嘘はつく。しかし、嘘をついたことへの罪悪感を背負い、かつ、見破られはしないかとヒヤヒヤするのが普通の感覚だ。

けれど、息をするように嘘をつく人間は、つまり、嘘をつかないと息が詰まるわけで、罪悪感というものに縁がない。

だから、苦悩しない。妙に明るい。そして、ヒラヒラヘラヘラ、かるーく生き延びる。

と、しみじみ話すのは渚左である。

実は渚左に耳寄りな話が持ち込まれた。ゼロから出発して成功した女性経営者として、カルチャーセンターに講座を持たないかというのだ。

日向子たちベテランパート三人組は、それを聞いたとき、単純に興奮した。

「いいじゃない。実力が認められたわけだし、箔《はく》がつくわよ」「わたしたちも鼻が高いわ」などと口々に後押ししたが、渚左は複雑な面持ちで首を振った。

「わたし程度の女性経営者は、山ほどいるよ。それに、うちの経営だって大成功ってわけじゃない。もっとうまいやり方があるかもしれないのに、わたしがわかってないから、この程度ってこともある。人の使い方なんか、わたし、苦手中の苦手よ。自覚してるもの。講師の資格なんて、ない」

ああ、それはね……。

日向子と蒲田と木内は目配せを交わした。

渚左は感情のコントロールが下手で、しばしば爆発する。ゆえに、まわりにいるものは、とばっちりを受ける。日向子たちのように、それが一過性のものだとわかっていれば受け流すことができるが、八つ当たりに我慢できず泣いたり怒ったりして辞めたバイトは数知れないのだ。

仕事のコツをスタッフに教えるのも、渚左はうまくない。

「名選手、名コーチならず」という喩《たと》えがある。生まれ持った能力で何かをこなせる人には、「なぜ、できないのか」がわからない。だから、自分の技を教えることができない。

渚左も、その口なのだ。

スマイル・スマイルにおいては、考えるのは渚左一人。スタッフは手足に徹する。そういう共通認識を持つことで、会社はうまくまとまっている。それが会社の限界でもある。

だが、日向子は月々の給料が安定していればそれでいいので、会社のこれ以上の発展など、とくに望んでない。サービス残業の多さも渚左の八つ当たりストレスも、蒲田や木内と愚痴り倒すことで解消できる。主婦としては、定収入があるのがなにより、精神の安定につながるのだ。

「女一人でゼロから会社立ち上げて、ここまでにしたのは事実なんだから、そこらの話をすればいいんでしょ。人事はダメでも、説教かますのは得意だし、へんに謙遜して仕事の口減らすなんて、社長らしくないよ」

蒲田がほめているのかケナしているのかわからない物言いでプッシュすると、渚左は情けなさそうな顔をした。

「わたしだって正直言うと、やりたいわよ。でもね」

この話を持ち込んだのが、くだんの「息をするように嘘をつく人間」というところに問題があった。

彼には大出徹《おおいでとおる》という名前があるが、渚左は狸男《たぬきおとこ》と呼んだ。

丸顔でドングリ眼。立派な太鼓腹。どこをとっても、狸そっくり。

「ときどき、ほんとに人間に化けてる狸なんじゃないかと思うくらいよ」

渚左は苦笑を皮切りに、彼との経緯を話し始めた。


出会ったのは一九八〇年代末。世間にはカフェバーなるものが軒を連ね、花の女子大生だった渚左は、そこでルンルンもしくはキャピキャピと人生を謳歌していた。

狸男はそんなカフェバーのひとつで、バーテンダーをしていた。その頃から太めだったが背が高いせいか、蝶ネクタイに白シャツのバーテンダー姿がよく似合い、間接照明の薄暗さの中で南国生まれらしいドングリ眼がキラキラ輝いて見えた。

口八丁手八丁。若い娘たちを軽いジョークで笑わせ、ちょっとしたオードブルを出しては「これ、僕が遊びで作ったんだよ。食べてみて」などと手まめなところを見せた。

可愛くて、面白くて、料理がうまい。これじゃ、モテないはずがない。

そのカフェバーで、彼は一番人気のバーテンダーだった。少なくとも、そんな風に見えた。やたらと長いカウンターに数人のバーテンダーがいたのだが、彼の前は常に複数の女性客で賑わっていた。

渚左はとくに彼目当てではなかったが、友達が吸い寄せられていくので、末席で彼のおしゃべりに耳を傾けた。

彼は、さる国立大学の学生だと自己紹介した。親は官僚になるのを望んでいるが、彼自身はそれに反発。バイトでバーテンダーをやっているうちに、この稼業が面白くなったので、大学とはめっきりご無沙汰《ぶさた》だという。

「僕は自分で会社興すつもりだけど、こうやって実学してると、大学でやってる経営学なんて机上の空論だと思えてきてね」

当時の渚左には、彼の切れ者ぶる物言いが、本気なのかジョークなのか、わからなかった。本気ならイヤミなやつだが、ジョークなら食えないやつということになる。友達の何人かは、彼と付き合ったようだ。しかし、あとで同じことを言った。

「面白いけど、お金がねえ」

デートをしても、「持ち合わせがないから、立て替えておいて」と言う。そして、そのままになる。

こういうのを、世間では寸借詐欺という。しかし、女たちは「お金にルーズ」「忘れっぽい」とみなした。それは性格的欠陥であり、犯罪ではない。

事実、彼は「返して」としつこく言えば、返したそうだ。

貸した金の回収に成功したのは、何度か請求したのに「今、持ち合わせがない」とはぐらかされ続け、怒り心頭に発して彼に迫った剛の者だった。小柄な彼女は、狸男がしぶしぶ取り出した財布の中味をのぞき見するため、爪先立ちした。持っているのに、ないと嘘をついていると思ったからだ。しかし、財布の中味は本当に薄かった。彼女への借金一万円を返したら、あとはもう千円札が数枚しかなかったそうだ。

　そこまで聞いて、ふと疑問を感じた日向子は、渚左の話の腰を折った。

「だったら、持ち合わせがないっていうのは、まるっきり嘘でもないし、請求すれば返すんだったら、ちょっとずるいくらいで、嘘つきと決めつけるほどでもないじゃない」

「河埜さん、甘いわねえ。請求されなきゃ返さないのは、踏み倒しと同じよ。確信犯よ」

　木内が眉を吊り上げて反論した。

「でも、借金魔って、借りるときは返す気あるんだってよ。けど、返すべきお金も使っちゃって、結果的に返せなくなる。だから、確信犯じゃない。ただ、性格が弱いだけ。で、結果的に自分で自分の首を絞めることになるんだけどね。そういう人、たくさんいるよ」

　蒲田はしたり顔だ。日向子も、その説に頷いた。大盤振る舞いするおかげで財布がからっぽになり、帰りの電車賃を借りるのが常の女友達がいる。

　彼女には、悪気はない。それがわかっているから、電車賃を返したことがなくても「困った人」くらいで、むしろ愛されている。

「確かに、彼も憎めないのよ。そこが、狸男の狸男たるところでね。彼には、借りた金を返すという発想がない。だから、やっぱり確信犯なのよ」

　渚左は手短に決めつけ、「でね」と話を元に戻した。

　働いていたカフェバーから、まもなく姿が見えなくなった。気にもしていなかったが、しばらくして街でばったり会ったとき、ごく自然に「そこらでお茶を」と誘われた。断る理由がないし暇だったので、カフェに同行した。そこで、モラトリアムの身の上を語られた。

「店には辞めないでくれって頼まれたし、他からはうちに来て助けてほしいって毎日のように電話がかかってくるんだけど、あの世界は飽きちゃってさ。次なるステージに向けての中休みってとこ」

などと言われても、ああ、そうですか、としか思えない。渚左は適当なところで切り上げるべく、これ見よがしに財布を出した。すると、彼もズボンのポケットを探り、「しまった。財布忘れてきた」と言った。

やっぱりね。渚左は思わず、笑ってしまった。彼は、ニコニコしている。

「いいわよ、おごる」

渚左はわざと、恩に着せた。

「おー、ハンサムガールだ。カッコイイね」

ふんぞり返って、彼は渚左をおだてた。嘘つきは「ありがとう」が言えないらしい。

そこで別れて二度と会う気はなかったのに、再会してしまうのは、いかなる運命のいたずらか。

今から十年前。渚左がスマイル・スマイルを立ち上げたばかりの頃だった。ＯＬ経験はあるが、経営者としては新米もいいところの渚左は、健気にも経営者セミナーに足しげく通って勉強に努めていた。

そんなセミナー会場のひとつで、向こうから声をかけてきたのだ。

「おー、久しぶり」

嬉しそうにニコニコ笑う、その顔で誰かはすぐにわかったが、名前が思い出せない。それは、彼のほうもそうらしかった。そもそも、バーテンダーと客という関係でしかなかったから、名前を知らなくても不思議はない。

しかし、互いにそんなことはおくびにも出さず、名刺交換をした。これで名前がわかる。やれやれとばかり、渚左が印刷文字を全部読み取る前に、敵が先手を打った。

「すごいなあ。女社長か」

「といっても、バイトが一人いるだけよ」

反射的に弁解（名刺の肩書きは、いまだに代表である。取締役とか社長とか称するのが恥ずかしいそうだ）してから、返礼として何かお世辞を言うべく、彼の名刺をじっくり見た。

大出徹。マーケティング・コンサルタントとある。会社名はない。個人でやっているのか？　こんな場合、当たり障りのないほめ方をするとしたら――。

「あなたも、ご出世ねえ」

「いやあ、まあ、なんとかやってるって程度だよ」

カラリと笑い、すぐにペラペラしゃべり出した。

今まで、主にサービス業の現場をわたり歩いて、いろんなことを見聞きしたし、経験も積んだ（どこで何をしていたかの詳細はなし）。そこを知り合いに買われて、会社の立ち上げを手伝った。すると、次々とその手の依頼が来るようになり、人の勧めで、このような肩書きを持つに至った――。

「渚左ちゃん（馴れ馴れしくも、そう呼んだ）も何かあったら、僕、手助けできるよ。いろんな人、知ってるし」

例えばと、彼はその頃マスコミを賑わせていた、いわゆるＩＴ長者の名前を列挙した。

「みんな、遊び仲間なんだよ。僕、外車のディーラーしてたこともあるから、そのへんから知り合いになったケースも多い。連中、とにかく、外車が好きだから。それで、沖縄でスキューバダイビングとか、上海蟹《シャンハイがに》食いに香港行くとか、週末ごとに韓国のカジノに行くとか、一緒にワイワイ遊んでた連中がえらくなっちゃって、それが仕事につながるんだから、世の中、何が役に立つかわからないもんだねえ」

「へえ、そうなの」

営業スマイルを顔に張りつけつつ、渚左はムカついていた。ＩＴ長者たちの派手な行動に反感を持っていたからだ。というより、会社経営の難しさに押しつぶされそうになっていた渚左は、急成長している彼らが持っているはずの「能力」が羨ましく、かつ、妬ましくてならなかったのだ。

それだけに、彼らの成功に手を貸したという狸男の言い分を、当時は信じた。手助けしてほしい気持ちも山々だったが、コンサルタント料を払う余裕がまったくない。

笑いながらそのことを告げ、「では、お元気で」と別れた。それで終わりになるはずだった。

しかし、一週間もしないうちに、向こうから電話をかけてきた。

スマイル・スマイルはネット通販、つまり無店舗販売の会社だが、どうせなら事務所を兼ねた店舗を持ったほうがいいというのだ。

「渚左ちゃんが販売してるのは、ヘルシー・サプリだろ。それに、ローションとかシャンプーとかコスメ系を加えたら、伸びるよお。なんたって、化粧品くらい儲かるものはないんだから。でね」

知り合いにエステティシャンがおり、小さなサロンを開こうとしている。彼女はアメリカで流行しているヒーリング・エステ術を修得しており、ナチュラル・コスメにもくわしい。

ついては、二人でシェアするのにちょうどいい物件があるから、物販とサロンを併設した総合ショップを開かないか――。

今のビジネスを維持するだけで精一杯の渚左には途方もない話だったが、店舗はあってもいいと思っていたところなので、少し心が動いた。家賃が半分ずつということなら、今借りている事務所の経費と大きく変わらない。しかし。

「その話、どう受け取ったらいいの。わたし、コンサルタント料払えないよ」

「そんなの、いいよ」

彼は明朗闊達《かったつ》に、即答した。

「エステのほうにはスポンサーがいてね。そこから頼まれたんで物件探してたら、半地下で二つに分かれてるけど、融合させたらよくなりそうなのが見つかったんだよ。で、ひらめいてさ。コンサルタント料なら、そっちからもらう。渚左ちゃんは古い友達だから、サービスするよ」

「そうねえ……」

サイトを立ち上げたばかりで注文がゼロの日もあり、毎日薄氷を踏む思いをしていた当時の渚左には、冷静な判断力が小指の先ほどもなかった。

「古い友達」なる、事実と異なる言い回しのいかがわしさもスルーして、ただただ「本当に、事業が伸びるきっかけになるのなら」という切なる願いで、狸男に引き寄せられたのだった。

とにかく、一度物件を見てみないかと誘われ、渚左は出かけた。

2

そこは古くからの繁華街の裏通りにあたり、一時「おしゃれなセレクトショップが並ぶ小粋なストリート」だとさかんに喧伝《けんでん》されたわりに盛り上がれなかった、中途半端な地域だった。

それでも、個人経営の小さなブティックやカフェが散在し、人通りもけっこうある。

問題の物件は、三階建てビルの半地下だった。舗道から階段を下りると、正面と左側に出入り口がある。もとは二つの別の店舗があったそうだ。

ところが、中に入るとどんな経緯があったものか、妙に不規則な形で区切られており、どちらにとっても大変使い勝手が悪い。壁を取っ払ってひとつにし、簡易間仕切りで区切ったほうが効率的に使えるという狸男の意見は、なるほどと思えた。

渚左と共同借り主になる予定のエステティシャンは、視線を合わせて頷き合った。

その日が初対面の彼女は、絶えず微笑みを浮かべながらも控え目で、印象がよかった。

渚左は挨拶代わりに、当時販売していた百パーセント自然素材の石鹼《せっけん》をプレゼントした。

お礼にもらったのは、彼女がまだ在籍しているエステサロンの割引券だった。

こんな二人を前に、狸男は精力的に話した。

「渚左ちゃんとこ、ハーブティーやビタミンサプリも売ってるよね。それをエステに来たお客さんに飲ませて、隣で売ってますとやればいい。方法としては珍しくないけど、渚左ちゃんの扱い商品は、どこでも手に入るものじゃないんだろ」

「それはね」

渚左はエステティシャンを意識して、少しばかり自慢した。

「わたしが自分で開拓して、直接取引してるところばかりだから」

「それも、海外だからね。直輸入っていう言葉は売りになるよ。ねえ」

狸男がエステティシャンに言うと、彼女は大きく頷いた。

「ええ。辺見さん、外国の業者と直接取引なんて、すごいわ」

「いえ、もう、この商品を日本に紹介したいという一心で始めたことなんで、儲かるかどうかまで考えてないんですよ。ビジネスは素人同然で」

「それは、わたしも同じですよ。今まではずっと、雇われてる身でしたから。だから、一緒にやれる人がいるのは心強いです」

彼女はあくまでも、感じがいいのである。

共感できる人がいるというだけで、渚左の気持ちはおおいに動いた。知恵を出し合い、励まし合っていけたら、一人でやるより頑張れるかも。

かくて、「では、協力しましょう」という空気になった途端、狸男が二人の女の手を自分の両手に包み込んで、熱い握手の形を作った。

「絶対、この二人ならうまくいくと思ったんだ。じゃ、共同賃貸の話、進めていいね」

二人は図面のコピーを渡され、それぞれの希望を突き合わせていくことになった。


しかし、内装に関して問い合わせたいことがあり、エステティシャンの自宅に電話してみたところ、留守番メッセージに切り替わるばかりで返事が来ない。

困って、今度は狸男に電話で問い合わせてみた。すると彼は、軽く言った。

「彼女、親戚に不幸があって帰省してるんだよ。戻ってきたら、すぐ連絡あると思う」

で、三日待ったが、まだつかまらない。仕方なく、また彼に電話すると、ついさっき、彼女と話したところだと言う。

「お母さんの具合が悪くなって、しばらく面倒見なきゃいけないらしいんだよ」

落ち着いたら連絡するから、よろしく伝えてくれ。彼女はそう言ったそうだ。

「よろしくって、どういうことよ。共同賃貸の話はどうするの」

「それは、渚左ちゃんだけで先に進めない？」

しゃらっと言うのである。渚左は唖然とした。

「だって、シェアする約束なんだから、わたしだけで進めるのはおかしいじゃない」

「でも、物件は押さえとかないと。彼女のほうは融資の申し込みがまだなんだよ。物件がないと、申し込みもできない。融資がおりないと、開業そのものができない。まず、物件ありき。そのへんのこと、渚左ちゃんもよく知ってるだろう。起業の先輩なんだから」

それならそれで、本人が直接その旨の依頼をすべきだろう。せっかちな渚左ではあるが、筋を通さない人間を許容してまで、話を進める気はない。怒りをぶちまけているうちに勢いがついて、「この話、なかったことにしたほうがスッキリする」と口走った。

すると、狸男はすかさず、

「そりゃ、そうだよね」

憤然とした口調で同調した。

「僕は仲介役だから、とにかく二人の間を調整しようと思って向こうの言葉を伝えたんだけど、この場合はほんと、あまりに失礼だ。渚左ちゃんが怒るのも当然だ。でもね、お母さんの具合が悪くて心が乱れている彼女の気持ちも考えてやってよ。きっと、筋道立てて考える余裕がないんだよ。だから、僕が本当はどうしたいのか、よく話してみるから、渚左ちゃん、結論出すのはちょっと待って」

話してみる、ということは、彼は彼女との連絡手段を持っているらしい。渚左は、直接話したいからそれを教えてと迫った。

「それはやめたほうがいいと思う」

「なんでよ」

「海外との取引なら、渚左ちゃんみたいに直接ガンガン言うことでうまくいくだろうけど、日本人はからめ手や奥の手を使わなきゃ」

からめ手や奥の手は、渚左の忌み嫌うところである。なぜなら、それを使う才能がないからだ。ネゴシエーションとはすなわち、からめ手、奥の手、順手に逆手を駆使する闘いを意味する。その種のかけひきに不案内ゆえに苦汁をなめてきた渚左は、不機嫌に口をつぐむしかなかった。

「二人の将来にとっていい話だと思うから、僕はなんとかしたいんだ。だから、短気を起こさず、僕に任せてよ」

狸男に優しく言われ、渚左はいったん引き下がったのだった。

しかし、我慢も一週間が限界である。狸男に電話をし、不在なので怒った声でメッセージを残したら、すぐに電話がかかってきた。

「いやあ、渚左ちゃん、たった今わかったことなんだけどね」と彼が言うには、エステティシャンは田舎の実家から戻ってきた途端に、インフルエンザにかかって入院したそうだ。

「ほんと？　じゃ、お見舞いに行くわ」

「そりゃダメだよ、渚左ちゃん。インフルエンザだよ。伝染《うつ》ったら大変じゃないか。病院からも伝染するのが怖いから、完治するまで見舞いは避けるように言われてるくらいなんだから」

確かにインフルエンザは年ごとに強力化して、子供や年寄りでは死に至ることもあった。そんな極悪ウイルスが相手では、乗り込むわけにもいかない。

「でも、大丈夫だよ。渚左ちゃん」

狸男は、力強く請け合った。

「こんなことばかり続いたから、僕もさすがに頭に来てね。今、彼女のスポンサーと話進めて、彼が代理人になって契約書作れるように、やってるところなんだ。だから、渚左ちゃんも書類揃えといて」

賃貸契約のためには、保証人の実印などいろいろな書類がいる。渚左の保証人は父親だ。今回の話も、「もう少し実績を積んでからでも、遅くないと思うが」と言いながらも、承諾してくれた。

おかしなもので、よく考えると、店舗を持ち、かつエステティシャンと連携する必要はまったくないのだが、当時の渚左は流れがそっちに向いているならそれで進まなければと思い込んでいた。

そして、書類を全部揃えたところで、狸男が明るい声で電話してきた。

「渚左ちゃん、シェアする相手が焼肉屋になるんだ。で、壁を取っ払う話はなしになったから、そのつもりでいて」

なんだ、それは⁉

「ちょっと待ってよ。エステティシャンはどうなったの」

「彼女、結婚することになったんだよ。で、ビジネスの話はいったん延期だって」

あまりのことに、声が出なかった。電話ながら空気を察した狸男は、「ねえ、ビックリだろ」と、素早く声音に困惑を滲ませた。

「僕だって、あせったよ。一体、それはどういうことなんだって怒鳴ったさ。そしたら、ごめんなさいの一点張りでね。ほんとは渚左ちゃんに両方とも借りて使ってもらうのが一番いいんだけど、それは難しいだろ」

「そんなの無理よ」

即答すると、彼は嬉々として「だよね」と調子に乗った。

「だから急遽、シェアの相手を探したら、焼肉屋がいてね」

それでは、コンセプトがまるで違う。文句を言ったが、相手はびくともしない。

「焼肉好きって、動物性脂肪が健康によくないのを自覚してるんだよ。いけない、いけないと思いながら、つい食べちゃう。で、あとになって、後悔の嵐。そこで、ついては隣でコレステロールを分解するサプリを売ってると言われると、それじゃあ買っていこうとなる。ほら、つながるじゃない」

そう言われるとそんな気もしてくるが、ここまで振り回された怒りのほうが勝った。

「そんなんじゃ、意味ない。この話、なかったことにする」

思い切って言うと、狸男はあわてた。

「待ってよ、渚左ちゃん。じゃ、近い線で探してみるから」

「もう、いい！」

焼肉屋だと⁉

狸男には、渚左の仕事の性質がまったくわかってない。そのことが、渚左には我慢できなかった。何がコンサルタントだ。

それに、よく考えてみると、エステティシャンの動向もおかしい。

親戚に不幸があり、母親が倒れ、その後にインフルエンザにかかって、挙げ句に結婚⁉

そんなの、あるか。彼か、彼女か、どちらかが嘘をついているに違いない。

渚左に実害はなかった。しかし、苦い記憶が残った。

ビジネスの動きに一喜一憂していた頃だから、藁《わら》にもすがりたかった。その乙女心を翻弄しやがって。

だが、二つのビジネスを合体させるアイデアは、悪いものではない。だから、この時点で狸男を嘘で生きていく詐欺師と決めつけることはできなかった。狸男という呼称も、まだつけてはいなかった。

まもなく、かのエステティシャン本人から、渚左にハガキが届いた。小さなサロンを開いたから、来てほしいという。このハガキを持参すれば、十パーセント割引だそうだ。

結婚した後に、サロンオープンにこぎつけたのか？

まったく知らない仲でもないし、徐々に経営が軌道に乗ってきて一息ついたところでもある。自分へのご褒美を兼ねて、渚左はそのサロンに行った。流れによっては、スマイル・スマイル取扱商品の販売を持ちかけるビジネス心もあった。からめ手は使えないが、直接交渉なら、やる気まんまんである。

そして、ご無沙汰の挨拶に加え、社交辞令として、サロンオープン並びに結婚のお祝いを言うと、彼女は目を丸くした。

「わたし、結婚なんて、してませんよ」

「えー⁉　でも、あいつはそう言ったよ」

「嘘ですよ」

彼女はあっさり、「嘘」という言葉を持ち出した。

その後、施術してもらいながら、狸男が並べた「話が進まない理由」を言うと、マッサージする彼女の手が笑いで震えた。

「よくもまあ、次から次に。確かに、わたしの気持ちも、なかなかすぐに決まらなかったんですよ。というのもね」

そもそも、あの話は渚左からの提案で、スマイル・スマイル取扱商品を販売すれば、そのぶんギャランティーが出ると聞かされていたのだそうだ。

「嘘よ、そんなの」

「やっぱり？」

彼女はため息をついた。

「でも、最初は信じてたから、そうしたらやっていけるなと思って。サロンでも、化粧品売ると歩合《ぶあい》がもらえるし、そういうの普通だと思ってましたから」

彼女も、経営の不安が軽減されそうな「いい話」に幻惑されていたのだった。

会ってみたら、渚左の人柄は信用できそうで、気持ちが動いたのも確かだ。しかし。

「そのとき勤めてたサロンの店長が、引き留めにかかって」

いい条件を出された。それで揺れると、狸男が説得を図る。その狭間《はざま》で「もともと、物事を決められないたち」のエステティシャンは、ぐずぐず話を先送りした。

「辺見さんに悪いと思ったから、わたし、直接事情を説明しようとしたんです。そしたら」

彼女はしたたかだから、自分に都合のいいように話を持っていこうとする。それでは、きみが不利になるから、自分を通したほうがいいと彼は言ったそうだ。

「失礼ねえ！」

「で、わたし、地縛霊とか気になるほうだから、ご近所でそれとなく物件の履歴を聞いてみたら」

どんな店子《たなこ》が入っても一年もったことがなく、近所で「魔の半地下」と呼ばれている不吉な物件だった。それだけではない。

かの狸男が、頻繁に出入りするのを目撃されているのだった。

3

自分たちに勧めた「魔の半地下」に、実は狸男自身が以前から出入りしていたと人づてに聞いたエステティシャンは、どういうことなのか彼を問い詰めた。

「そしたらすごい剣幕で、信頼関係を持てないんならこの話は続けられないって怒られたんです。そう言われると、また迷ってしまって。でも、やっぱり釈然としないっていうか、すっきりしないんで別の人に相談してみたら、他の物件も見て比較したほうがいいって言われたので、この件は考え直すと大出さんに伝えたんです」

狸男は、「どうしてもあそこでやりたいっていう人がいて、困ってたところだったから、ちょうどよかった。あんないい物件、そうはないからね」と、最後っぺをかましたそうだ。

狸というより、イタチだ。

それはちょうど、「母親が倒れたので、それどころではない」はずの時期だった。そこから後は、彼女はまったく関わっていない。

「でも、あなたにはスポンサーがいるって聞いたけど」

彼女は苦笑した。

「いたら、いつまでも迷ってませんよ」

実は、あの半地下の物件は狸男が経営に関わっていた店舗で、うまくいかず一年足らずで撤退したそうだ。違約金として設定されている半年分の家賃支払いは次の借り主が見つかった時点で免責となる。

彼が狙ったのは、それだったらしい。

「不思議と、大出さんの話聞いてたらペースに巻き込まれちゃって。もし、あのとき、店長が引き留めなかったら、やってたと思う」

渚左にしても、それは同じだ。もし、次の候補が焼肉屋ではなく、たとえばレストランやカフェだったら、そのまま進めていたに違いない。

スマイル・スマイルはいまだにネット以外の直営店舗を持たず、協力関係になった販売店に卸している。直営店を持つ件は、経理担当の渚左の弟が以前から進言しているが、渚左が踏み切れない。

必要性に確信が持てないからだ。それなのに、狸男に振り回された当時は、降って湧いたような店舗熱に浮かされていた。

あの奇妙な説得力は、一体どこから来るのか。

エステティシャンとの話し合いで真相がわかり、冷静になれた渚左はようやく心穏やかに振り返ってみた。

狸男の話し方は、明快だ。かつ、断定する。

「これは、こうですよ」「これは、こうなります」という調子だ。

およそ、世の中に起きていることで知らないことはなく、その知識と頭脳であらゆる業界のＶＩＰと友達付き合いをしている――と見せかけるのだ。

とんだ大風呂敷なのに、滑舌のいい大声で朗らかに語られると、信じてしまう。なんと、彼は渚左との関係についても、エステティシャンに大口を叩いていたそうだ。

これからは自然素材サプリのブームになると彼が予感し、渚左に吹き込み、かつ、海外の業者との仲を取り持った。自分こそが、スマイル・スマイルの陰の功労者である――。

「ひどいなあ」

渚左は憤慨した。これは捨て置けない。エステからの帰り道、早速、狸男の携帯に電話をして怒りをぶつけた。

すると彼は、「ええ⁉」と仰天してみせた。

「僕、そんなこと、ひと言も言ってないよ。なんで、そういう誤解するのかなあ。あんまり、頭よくない子だからねえ」

ふん。もう、信用しないぞ。

「結婚もしてないそうよ」

勝ち誇って言うと、彼はまたしても「え⁉」である。

「してないの？　僕はそう聞いたよ。じゃあ、破談になったんだ。恥ずかしいから、最初からなかったことにしたんだよ」

まだあるぞとばかり、物件のことに言及すれば、「誤解だよ」ときた。

「どうして、そんなことになるのかな。まったく、世間の口っていうのはコワイねえ。そんないい加減なこと言う子だと思わなかった。渚左ちゃん、そんなのと組まなくてラッキーだったね」

渚左は呆れた。しかし、考えてみると、どちらが嘘つきなのか、決め手はないのだった。

「とにかく、あなたのおかげでいい勉強させてもらったわ」

当てこすってやったが、びくともしない。

「どういたしまして。あ、そう言えばあの物件、例の焼肉屋が全部使うことになったんだよ。シェアだと狭すぎるから、ちょうどよかったって。すごくうまいから、食べに行ってって言いたいけど、渚左ちゃん、ベジタリアンだったたね。でも、肉もたまには食わないと、スタミナつかないよ」

「それが間違った考え方なのよ」

日頃の信条に関わることなので、渚左はつい、反肉食説教に走った。

相手はいちいち「ふんふん」「そうなんだ」「へえ」などと相槌を打つ。ときどき「あ、それ、聞いたことある」「それ、知ってる」なる合いの手も入る。

そんなこんなで、最後にはなんとなく和やかな会話になってしまった。

「いや、しかし、渚左ちゃんが元気そうでよかった。じゃ、またね」

謝罪の言葉は影もなく、「じゃ、またね」にうっかり「うん」と答えたのが、運の尽きだった。

本当に「また」縁がつながってしまったのだ。

ときどき、経営セミナーで名刺交換をする中小企業の社長たちに、訳知り顔で挨拶されることがある。大出なるコンサルタントから聞いたというのだ。

スマイル・スマイルの社長とは親しい仲だ。あの会社がここまでになるのに、どれだけ力を貸したことか。彼女は僕の頼みなら、聞いてくれる。そう吹きまくっているそうだ。

あるときは、いかがわしいセミナーのパンフレットに、勝手に名前を使われた。

抗議すると、「あれ、そうなってた？　いやあ、ちょこっと知り合いだって名前を言っただけなんだよ。それを、向こうが勝手に使ったんだ。ひどいなあ。僕から、厳重注意しとくよ。まったく、何を聞いてるんだろう。これだけじゃないんだよ。他にも、こんなことされてさあ」

いつのまにか、悪いのはセミナー主催者になっている。証拠はないから、問い詰めようがない。

だが、嘘をついているのは、この男だ。見え見えだ。しかし、嘘を認めさせようと頑張るのは、徒労だ。

どう攻めても、言い逃れる。つかまえようとしても、ニュルリニュルリと指の間からすり抜けるウナギみたいだ。こっちが根負けしてしまう。

ま、嘘で被害を受けたわけじゃないし。

そう言い聞かせて、見逃してやってきた。あとになって思い出すと、笑えるし。

実際、思い出話を聞きながら、日向子たちは大笑いした。木内などは、狸男に会ってみたいと言い出す始末だ。

「会ったら、何かに巻き込まれるよ。ヘンなもの売りつけられるか、名前を何かに使われるか」

渚左に忠告されても、自信たっぷりに首を振る。

「わたし、ケチだもの。何も買わないし、わたしの名前なんか利用しがいないから、巻き込まれようがない」

「それが、いつのまにか、何かに巻き込まれちゃうのよ、あいつと話してると」

渚左がなにより不思議だったのは、嘘つきではったり屋の狸男が、訴えられることも逮捕されることもなく、生き延びていることだった。

しかし、ごく最近、偶然、正体を見た。

とある路上で、見るからに金持ちの尊大な中年男のあとを小走りに追いかけるところに出くわしたのだ。

何かしくじったらしく、明らかに怒っている男の機嫌を取り結ぼうとあせっているのが目に見えた。

「あのでっぷりしたのが、ちょこちょこ走りしてるのよ。目が泳いじゃってさ。ああ、こいつは結局、誰かにたかって生きるしか方法を知らない小心者なんだと思った。なんか、哀れだったわよ」

と、かすかに同情していたところに、講師話が持ち込まれたのだった。

「でも、この話は、そうあやしげに見えないけどねえ。カルチャーセンターを舞台に、そうあくどいことはできないでしょう」

蒲田が言うと、渚左は首を振った。

「あいつが関わるからには、ろくなもんじゃないに決まってる。やっぱり、断るわ」

そして翌日、渚左は講師の話を断った。

その理由として、あんたの話は眉唾だからと言ってやったそうだ。すると、「ひどいなあ、なんで、そんなこと言うの？」と、無邪気このうえない声で悲しがった。

息をするように嘘をつく本人には、嘘をついている自覚がない。

「こういう人間って、生まれつきなのかしら。それとも、虐待されて育って、性格歪んだとか？」

渚左は、ぼやいた。

真っ正直が取り柄でもあり欠点でもある正義漢の渚左は、狸男の鉄面皮ぶりが悔しくてならないのだろう。

しかし、渚左の神経を逆撫でする事件が、さらに起きた。

なんと、狸男から渚左に宛てて、「女性のための起業シンポジウム」の案内状が届いたのだ。

レストランを借り切って催されるもので、講師として三人の女性社長の名前とプロフィールが載っていた。

参加費用は豪華ディナー付きで四万五千円。主催者はウーマンズ・アドバンス・サポート・ネットとあるが、正体は不明である。

カルチャーセンターでの講師の話とは、かなり異なる。しかし、女性起業家としての経験を生かすという点では、大きくはずれてもいない。狸男の話は、まんざら嘘でもなかったことになる。

　この微妙さが憎たらしい。

　引き受けていたらギャラは出ただろうに――と、日向子たちは言わずにいられなかった。

「だけど、あいつが関わるからには、ただじゃすまない。このシンポジウムだって」

　渚左は、ピンク色で縁取られた案内状を指で弾いた。

「参加者に何かろくでもないものを買わせるとか、魂胆があるに違いない。そして、もし、わたしが講師になっていたとしても、ギャラを踏み倒されるか、似たような金儲けイベントの人寄せに名前を使われるか、きっと、あとで後悔する羽目になる」

　渚左は頬杖をついて、ため息をついた。

「あいつは人を見ると、利用できるところがないか、本能的に探してる。で、自分に関しては、都合のいいことしか言わない。はったりとごまかし、つまりは嘘だらけの人生なのよ。一体、何があって、あんな人間になったのかな。なんか、悲しくなっちゃう」

「だけど、この案内状は、きみはあんなこと言ったけど、俺はちゃんとやってるぜっていうアピールじゃない。意気揚々って感じ」

　木内が案内状をつかみ、渚左の鼻先でヒラヒラさせた。

「そうかあ。あいつはあれで、幸せなのか。それが一番、悔しいなあ。嘘つきには天罰が下るべきじゃない？　そうじゃないと、真っ当に生きてる我々が可哀想」

渚左は不満そうに、口をとがらせた。

「天罰は下ります」

渚左に負けず劣らず真面目な蒲田は憤然と言い放ち、木内の指から案内状を抜き取ってシュレッダーにかけた。

「だって、嘘つきのたかり屋と付き合うのは、金儲けしか考えてない業突張《ごうつくば》りくらいのものでしょう。そんな人間関係しか持てない人生じゃ、家族も友達もなく、ひとりぼっちで野垂れ死にが関の山よ。もう、堕ちていくだけ」

「狸男に未来はない、か」

渚左は呟き、大きく伸びをした。

「てことで、わたしたちは地道に働いて、未来を切り開きましょう」

わざとらしいほど殊勝な物言いに、蒲田が笑いながら反応した。

「その言葉、女性起業家シンポジウムにぴったりね」

「そうよねえ。わたし、講師たるべき人材よねえ。それに気付いてるのがカルチャーセンターじゃなく、あいつだというのが、なんとも悔しいわねえ」

嘘をつけない渚左は、「正直言うとね」と続けた。

「ギャラも欲しいし、先生と呼ばれてもみたかった。わたしの中の、そういう卑しい下心があいつに見透かされたみたいで、すっごく悔しかった。だから、断ったのよ。でも、いい格好し過ぎたかも。ギャラ踏み倒されても、講師はやってみたかった」

渚左は本気で無念そうだ。

日向子は木内同様、狸男を面白いと思った。ペテン師すれすれの人間と付き合ったことがないからだ。

渚左の話によると、狸男が自分について語ることは全部嘘らしい。しかし、どこで何をしていたか、事実とまったく違うことを作り出すなんて、日向子にはやれと言われてもできることではない。

だって、そうでしょう。そんなことしたら、本当の自分がいなくなる。家族も、物心ついたときからの思い出も、全部なかったことにするんだもの。

それって一体、どういう人生？

そんなことができるなんて、本当に狸の生まれ変わりなのかもね。

スピ様、お願い

1

スピ系という言葉があるのを、ご存じか。

スピリチュアル、つまり、精神世界の考え方に傾倒する人たちを指す現代用語で、新語にくわしい若者の間ではよく知られている。

しかしながら、何かと時代遅れな中高年一般人の耳には届かない。日向子とて、自然派サプリを販売する会社に勤めていなかったら、知らなかったと思う。

スマイル・スマイルは、化学薬品漬けの食品や日用品からの脱却を志した渚左が、身体と心を全体的にとらえ、自然との調和を図ることで自前の治癒力を高めるというホリスティック医療に共鳴して興した会社だ。

心は、気、魂、霊性という言葉に置き換えられる。つまり、スピリチュアル。だから、スマイル・スマイルの顧客の大半は、スピ系である。

おかげでスマイル・スマイル社内では、スピを名詞、形容詞、そして「スピッてる」という風に動詞としても、おおいに活用しているのだが、さて、日向子自身はというと、オーラとかパワースポットに野次馬的関心を持っているだけで、さほどスピスピしていない。日向子に限らず、従業員はみんな、そうだ。けれど、スピを毛嫌いして妄想呼ばわりする人々には反感を覚える、スピ容認派である。

「病は気から」と昔から言うが、それが真実であることは、科学的にも実証されている。

人体は、弱アルカリ性の状態を保っているとき、もっともよく機能する。つまり、酸性に傾くほど不具合が生じ、新陳代謝が悪くなり、肌が荒れ、むやみに太る。そして、血圧が上昇し、血液がドロドロになり、糖尿病や心臓病やがんを引き起こす。

かくのごとく悪いところだらけの酸化の原因は、一にストレス。それはもはや、現代医学においても堂々の常識である。

ストレスを感じた脳は、酸性物質を分泌させるそうだ。ストレスで胃が痛むのも、胃酸が分泌されて胃壁を傷めてしまうからだ。

ところが、現代医学にできるのは傷めた胃壁の修復や、胃酸の分泌抑制が関の山。これでは、ストレスの根を断ち切る妙薬がスピ方面に求められるのも無理はない、てなことをスピならざる日向子たちパート仲間は話し合っている。

まあ、こんな堅い理論武装はさておいて、ご先祖様や幽霊の存在をごく素朴に信じている日向子にはそもそも、スピな主張に違和感や抵抗感がないのだ。宝くじを買うときや電車に乗り遅れそうになったとき、ごく自然に「神様、お願い」と口走るのだから、信心深いと言ってもいい。

それに、スマイル・スマイルで接するスピ系顧客は、総じて真面目な社会人、ことに所帯持ちの女性が多い。家族の健康を願って、生活環境そのものをクリーンにしたいと願う善良な人たちばかりだ。

それって、わたしと同じ。その共感があるから、日向子はこの仕事を気に入っている。

しかし、真面目で善良な人がはた迷惑な存在になるのは、ままあることで……。

「河埜さん、ご指名です」

木内のおどけた声で、日向子のテンションは一気に下がった。

「それって、やっぱり?」

受話器を取る前に一応、確認。すると木内は、ニヤリと笑って頷いた。

「マダムごめんなさいに決まってるでしょ」

ああ、胃が痛む。今、まさに胃酸が分泌されたのだ。身体が酸化したのよ。

今日、「酸化」は「老化」の同義語でもある。わたし、老けちゃうんだわ。この人のおかげで。

日向子は受話器を胸に当ててひとつため息をつき、覚悟を決めて営業用の明るい声を出した。

「はい、河埜です」

「河埜さん、いつもいつも、ごめんなさい」

芯から申し訳なさそうな、卑屈と言ってもいい「ごめんなさい」が挨拶代わり。それが、マダムごめんなさいなのである。

「……いいえ、とんでもない」

電話だが、笑顔を作った。健気な無理が、酸化を促進する。けれど、我慢だ。仕事なんだから。ああ、しんど。

カスタマー・サービスはビジネスの基本。スマイル・スマイルのサイトにも当然、「製品に関するお問い合わせは、こちらまで」と、電話番号が記してある。

大手なら百人以上の専門スタッフを置いているものだが、少数精鋭のスマイル・スマイルでは、パートながらベテランの日向子たちにお鉢が回ってくる。

手の空いたものがとるのが原則とはいえ、マダムごめんなさいに関しては、日向子でなくては埒があかない。

「あのね。睡眠をサポートするフラワーエッセンスっていうの、本当に効果あるんでしょうか」

「個人差はありますが、とてもよく眠れるようになったというお客様もいらっしゃいますよ」

「本当にそうなら、今のわたしにまさに必要なものだわ。だって、全然、眠れないんですもの」

　合いの手を入れる隙があらばこそ。マダムごめんなさいは、一気呵成にしゃべり倒す。

「うちの夫の姉が、もしかしたら子宮がんかもしれないと言われて、わたし、食生活の改善とか、おたくで扱ってるサプリなんかを勧めようとしかけたのよ。そしたら、河埜さんもご存じのように、夫はああだから案の定、激怒してね。仕方なく、もう何も言うまいと決めたんだけど、でも、やっぱり、義姉に直接言ってみるべきじゃないか、けど、それで夫がますます頑《かたく》なになったら、またうちの雰囲気が悪くなってしまうとか、考え出したら眠れなくなっちゃって」

　彼女が息継ぎをする間が、日向子の出番だ。ちゃんと聞いていると証明する台詞を、言わねばならない。

「ああ、それはご心配ですねえ」

　今年、四十五歳になるマダムごめんなさいは、夫と大学二年の娘との三人暮らしだ。その夫が、マダムごめんなさいのスピぶりをよく思っていない。

彼はスピを「オカルト」「ヘンな宗教」と決めつけているのだ。マダムごめんなさいは、そんな彼を説得することができない。マダムごめんなさいから家庭の事情を全部聞かされている日向子は、それを当然「ご存じ」である。

「それにね、河埜さんだから話すんだけど、娘が夏休みはとっくに終わったのに、大学に行かずに家にこもってばかりなのよ」

「まあ、そうなんですか」

「本人の意思を尊重しようと思って、黙って見守ってるんだけど、もう心配で心配で」

「ですよねえ」

「せめて、気の流れを変えるために、娘の部屋を模様替えしたいんだけど、勝手に触らないでくれって怒るものだから、なんにもできないのよ。夫に話しても、小学生の登校拒否じゃないんだからほっとけって言うだけ」

「それは、そうでしょうねえ」

「八方ふさがりなんです」

「困りましたねえ」

こんな調子で、マダムごめんなさいは家族の悩みを綿々と語る。日向子は相槌を打つだけだ。これがおよそ、一時間続く。その中で、同じ愚痴が三度は繰り返される。

夫が頑固。娘は理解不能。わたしは孤立。この事態を打開する術《すべ》が、わからない。

「だから、是非とも、深い睡眠が必要なんです。じゃないと、内なる霊的なものとコンタクトできないでしょう？」

「はあ……」


マダムごめんなさいが最初に電話をかけてきたのは、三年前だった。

渚左の知り合いのイギリス人風水研究家が来日したおり、ちょっとした思いつきで顧客向けの特別勉強会を開催したところ、これが大当たり。定員五十名があっという間に埋まり、急遽、追加開催して計三回の満員御礼を出した。これがきっかけで、スマイル・スマイルが扱う電磁波ブロックものや、気の浄化ものの新規客が増えたのだが、マダムごめんなさいもその一人だった。

「あのー、ごめんなさい。ちょっと、お聞きしたいことがあって」

開口一番、やたら低姿勢な電話を受けたのが、日向子だった。

「この間の勉強会、とてもためになりました。それで、家族のために家をいい環境にしたいと思いまして。うち、今、娘が大学受験でピリピリしてるもんですから」

「あー、それ、わかります。うちもです。といっても、うちは中学受験ですけど」

日向子は軽い気持ちで、共感を伝えた。

これが大企業なら、客にこちらのプライベートなことを話すなどもってのほかと叱られるだろう。しかし、社長とパートがため口でしゃべりまくるサークル活動のようなスマイル・スマイルでは、そこらの規制がゆるい。

「まあ、そうなんですか。うちは中学受験のときは、さほど苦労しなかったんですよ。そこそこ成績がよかったものですから。でも、中学高校といろいろあって、だんだんコミュニケーションが難しくなってきて」

「はあはあ、やっぱり、いじめとか？」

「それがなんだかわからなくて。わからないといえば、夫とも」

夫は医療機器関係のメーカーに勤めており、最先端科学の信奉者だ。マダムごめんなさいは風水などスピなものに関心があるのだが、夫がそれらにアレルギー反応を示すので、今まで封印してきたのだそうだ。

専業主婦の彼女は、他ならぬ自分の家族と精神的な絆を実感できない昨今に不安を感じ、「このままではいけないのではないか」と思うようになったという。そんなとき、たまたま入った会館のメッセージ・ボードに、風水特別勉強会のお知らせが貼ってあった。

「ドキンとしたんです。とても偶然と思えなくて。神様の思し召しっていうんですか？」

そのときの興奮がぶり返したらしく、マダムごめんなさいの声は恍惚と輝いた。

「ほんとですねえ」

このあたりでもう四十分経っていたので、日向子の受け答えは単なる相槌になっていた。しかし、マダムごめんなさいにとっては、そのほうが好都合なのだ。話は勉強会で受けた感動の詳細にわたり、ようやく、竹炭石鹼一個の注文にたどり着いた。

「まあ、わたしったら、こんな長話しちゃって、お忙しいのに、本当にごめんなさいね」

「いいえ。また何かございましたら、いつでもご連絡くださいね」

愛想よく、習い性となった営業トークを返した。そして、受話器を置いたあと、精も根も尽き果ててデスクに突っ伏した。息を吹き返すのに、五分かかった。

やれやれ、すんでよかった。一時間話して、石鹼一個の売上げじゃ割に合わないけど、これも人生よね。そう思って、明るく割り切ったのだった。

しかし、これは始まりに過ぎなかった。

それから、三ヵ月後に電話をかけてきたとき、「ごめんなさい。この間、お話しした方、いらっしゃいますか」とご指名がかかった。そのときに「河埜」と名乗ったので、覚えたようだ。

「河埜さんもご存じのように」と、早くも身内扱いされ、一時間ぶっ通しのロングトークを聞かされた末に、ハーブティー一パックの注文をとった。

その二ヵ月後には、最初から「ごめんなさい。河埜さん、いらっしゃいますか」で、買ったのはハンドクリーム一個だった。

それ以来、月に一度は「河埜さん、お忙しいところ、いつもごめんなさいね」で、製品が欲しいのか、日向子に話を聞かせたいのかわからないほどのリピーターとなったのだ。

スピ指向の封印を解いた彼女の行動はどんどん加速し、パワースポット巡りをするやら、ご先祖様の霊と交信するという霊媒やはるばる南米からやってきたヒーラーのお話会に参加するやらの大忙し。その逐一を、日向子に語って聞かせるのである。

それというのも、家族が聞いてくれないからだ。それどころか、「ヘンなものにかぶれた」と気持ち悪がられているらしい。

一途に家族のためを思って、食生活の改善や、家中の気の流れ整備に心を砕いているのに、夫も娘も反発する。彼女がスピに傾けば傾くほど、家族との間に齟齬《そご》が生じる。夫は肉が好きで、このご時世に煙草を吸っている。娘は逆にダイエットに夢中で、低カロリーのレトルト食品を箱買いして、そればかり食べる。マダムごめんなさいの心からの忠告は、聞いてもらえない。彼女が作る発芽玄米中心の食事は、無視される。

どうして、自分の気持ちが通じないのか。

焦る彼女に、スピ系の勉強会で出会った人たちは、ほぼ同じことを言った。

人を自分の思い通りに変えようとしてはいけない。自分の内面と向き合い、歪みを正しなさい。自分が変われば、人も変わるのです——。

そうか。悪いのは、わたしだったのか。

真面目で善良なマダムごめんなさいは、ただちに反省した。

かくなるうえは、自らの歪みを正す作業に着手しなければ。そう決意したマダムごめんなさいに、やはりスピ系の集会で友達になった人が助言した。

だったら、ヨガが一番よ。

身体と心の状態は一致する。ヨガは歪みを正すだけでなく、身体を柔軟にもする。すると、心も柔軟になるというのだ。

柔軟な心。それこそ、わたしに欠けていたものかも。自分がリラックスすれば、家族もリラックスする。そして、明るく楽しい雰囲気が生まれる。きっと、そうなのだ。

真面目で善良なマダムごめんなさいは、明るい希望に包まれてヨガに励んだ。そして、前屈すれば指が床につくほど柔軟になった。

ところが、家族との乖離《かいり》は相変わらずだ。

家でヨガの自主トレに余念のない彼女に、夫も娘も冷笑を向けるばかり。

どうして、彼女が望む円満で調和のとれた家族になれないんだろう。

なおも悩む彼女に、ひとつの声が。

それは、前世の因縁です――。

失われた家族との調和を取り戻すべく、スピをさまざま勉強し、反省し、気を浄化するグッズを買い込み、ヨガで身体の歪みを矯正してもなお、求めるものが得られない。悩みに悩むマダムごめんなさいを、スピ系の仲間たちは自分のことのように心配してくれた。

そして、一人が言ったのだ。

あなたは努力してるのに、道筋が見えないのは、前世の因縁があるのでは？

やっぱり、そうか。と、マダムごめんなさいは、思った。

スピ系の道に踏み出したからには、前世は避けて通れない。

そこで早速、スピ仲間に紹介された前世を霊視するという超能力者に会いに行った。

彼は、占いの館に看板を掲げているような商売人ではない。本業はそば屋だが、幸か不幸か他人の前世が見える。こんな力を授かったのは人助けのためと悟って、一日五人に限って見ているのだそうだ。

見料は一回三千円。紹介者は、このリーズナブルな料金設定こそ本物の証しであると断言した。にせ者ほど、高額の見料をふっかけてくるそうだ。

そう言われて、マダムごめんなさいは安堵した。夫がスピを嫌うのは、占いやまじないを高く売るのは詐欺に違いないと信じているからだ。

かくて、マダムごめんなさいは、そば屋と面会した。

職人らしい実直な面持ちの四十代くらいの彼は、緊張するマダムごめんなさいの背後あたりに目をこらし、まるで外の風景を説明するようにすらすらとしゃべった。

それによると、彼女は前世、武器を使った血みどろの格闘技でばったばったと敵を倒し、コロセウムにつめかけた客を大興奮させた花形グラディエーターだったそうだ。

もてはやされ、天狗になったグラディエーターは、傲慢な振る舞いで周囲の人間を傷つけ、その報いを受けて、寂しく惨めな晩年を送った。

そのカルマを背負っているがゆえに、現世のあなたはまわりの人に気を遣う優しい人であるにもかかわらず、孤立感や疎外感から逃れられないのです――。

そうだったのか！

彼女は納得した。だが、知りたいのはそれから先のことだ。

では、家族と調和して幸せになるためには、どうしたらいいんですか？

噛みつくような彼女の勢いに少しも動じず、そば屋は厳《おごそ》かに答えた。

その質問に答えるのは、わたしの仕事ではありません。わたしは前世を見るだけです。

そんな。それじゃ、来た意味がない。

前世には現世をよりよく生きるためのメッセージがあるんでしょう？　それを教えてほ

しいんです。

食い下がる彼女に、そば屋はなおも重々しく伝えた。

メッセージはあります。けれど、それはあなた自身が読み取らなければ。

わたしに読み取れるんですか？

マダムごめんなさいは、息を呑んだ。そば屋は頷いた。

あなたが抱く疑問の答はすべて、あなた自身の中にあります。けれど、疑いや怒りや不満といった現世の邪念が、答を知っている内なる魂とのアクセスを邪魔しているのです。邪念の浄化に努めなさい。孤立感や疎外感から逃げようとせず、これからも家族のために、心を清く保つ努力をしなさい。

そうすれば、答がみつかって、家族みんなが幸せになれるんですか？

彼ははっきりと、頷いた――。

それが、今回の長話で語られた顚末だった。


「そのときは、感動したんですけど」

マダムごめんなさいのため息が、受話器を通して日向子の耳をくすぐった。

「今回、夫の姉ががんかもしれないという事態になったでしょう。夫は心配でピリピリして、ちょっとしたことで怒鳴り散らすんで、娘は面倒がって、ますます自分の部屋に閉じこもる有り様で。こんなときこそ、家族が一致団結したいのに、バラバラなまま。それも、わたしが内なる魂とのコンタクトができてないからだと思うから、瞑想も試してみたけど、どうしても無心になれないんです。わたし、どれだけ業《ごう》が深いんだか」

涙まじりである。彼女の焦燥感や無力感が怒濤のように押し寄せて、日向子までが胸苦しい。というか、暑苦しいわ、この人。

「でも、義姉も含めた家族のために、一日でも一秒でも早く、コンタクトしたいんです。そのためには、まず睡眠かなって。邪念をも眠らせる、良質な睡眠。それには、睡眠薬じゃダメでしょう。自然な眠りじゃないと。そしたら、おたくのホームページにこのフラワーエッセンスの紹介があったから」

ああ、やっと本題に戻った。

「はい。是非一度、お試しになればと存じますが、スプレータイプとリキッドの二種類が」

注文をとるべく始めた説明を、無情にぶった切るのがマダムごめんなさいなのである。

「で、このフラワーエッセンスですけど、よい睡眠で霊性を高めると言ってる人もいますよね」

「……そういう効果があると言われてます」

日向子はかりにも、スマイル・スマイルのスタッフである。商品知識を得るために、取扱製品はすべて試してみる。

　ごく単純に添加物なしの石鹼やローションは気持ちいいし、ハーブアロマの香りは胸がすーっとする。竹布の肌触りのよさといったら、感動ものだ。しかし、それで「気の流れが整った」「霊性が高まった」といったスピな感覚を経験したことはない。

　しかし「気持ちいい」と感じるのだから、それこそが「気」にいいことをした証明だろうとも思う。

「あのお、こんなこと聞いて、ごめんなさいね。でも、こういう仕事なさってるということは、河埜さんはハイヤーセルフとかインナーチャイルドとコンタクトなさったこと、あるんじゃないですか？」

「は、あ、いや、その、ないです」

「ないんですか⁉」

　マダムごめんなさいの責めるがごとき尖った声音に、日向子はたじろいだ。

「すみません……」

　日向子は、オーラもお化けもＵＦＯも見たことがない。霊感どころか、「ピンと来る」「ビビッと来る」みたいな直感とか、予感とか、山勘とか、土地鑑とか、カンと名のつくもの一切と無縁だ。スピの劣等生。なんとなく、うなだれてしまう。

　しかし、慰めもある。

霊感は鈍いほうがいいと、他ならぬ渚左が常々言っているからだ。

霊感が鋭い人はよくない「気」も受け取るから、病気になったり、早死にしたりするそうだ。

「霊が見えたり聞こえたりすると、大変らしいわよ。うるさくて仕方ないんだって。現世でも、うるさくて仕方ない迷惑千万な生身の人間は一杯いるじゃない。そのうえ、霊にもたかられるんじゃ、身がもたないわよ」

そう言う渚左も、霊感はゼロだそうだ。

そんなこんなで、霊的なものとのコンタクトなんて、日向子には怪談話を聞くようで、どうもぞっとしない。それをしたがるマダムごめんなさいの一直線の情熱自体が、実を言うと、怖いのだ。家族が彼女を敬遠する気持ちが、わかるような気がする。

しかし、スピ系グッズの販売者がここで弱腰になってはいけない。

「でも、うちの製品は愛用してます。身体にいいですから。なんといっても、無添加で」

声高らかに言い訳した。しかし、マダムごめんなさいは聞いてない。それどころか「羨ましいわ」と、称賛するのである。

「河埜さんはきっと、霊的にいい状態にあって、ご家族やまわりの人との調和がとれているから、わたしみたいにゴチャゴチャ悩まずにすんでるんですよね。それって、無意識のうちに内なる魂とコンタクトできてるってことだわ。霊的に高いステージにいらっしゃるのよ」

「いえ、そんな」

反射的にへりくだったが、こういう解釈もあるのかと仰天した。わからないなあ。わたしって、霊的に高いの？

「わたしも、河埜さんみたいになりたい」

えっと、それは、どう答えればいいのか。

「……恐れ入ります」

「わたしの悩みを解決する道は、内なる魂とのコンタクト。それしかありませんよね」

と言われても、日向子は困ってしまう。本当に霊的に高ければ、困らないと思うけど。

「そうかもしれませんねえ」

腰の引けた答でも、マダムごめんなさいには十分らしい。ようやく、フラワーエッセンスのアロマボトル二千円也を一本注文し、「いつもいつも、ごめんなさいね」と謝った。

霊的に高いかどうかはともかく、人間ができている日向子は、「いいえ。こちらこそ、いつもご愛用ありがとうございます」と答えるのである。

長い話の途中に通りかかり、好奇心にかられてそばで聞いていた渚左が、受話器を置いて（ヘッドセットは買ってもらえない）左腕をもむ日向子に、拍手を送った。

「えらい。完璧な聞き役だわ。わたしなら途中で、用件だけ言ってくださいって怒鳴っちゃうわ。ま、だから、わたしはサービス電話には出ないんだけど」

渚左はホリスティック医療を本気で勉強しており、ハイヤーセルフやインナーチャイルドとコンタクトするための瞑想の会にも参加している。しかし、それは好奇心と、旺盛なビジネス心のなせる業《わざ》で、どっちともコンタクトしたことはないと、ケラケラ笑っている。

蒲田と木内も、「霊的なんとか」とはほどほどに付き合うというスタンスだ。つまりは、普通の人なわけで、だからこそ、渚左がスタッフとして雇い入れたともいえる。

ばりばりスピのバイトがいたこともあったが、「この日のこの時間にこの場所の湧き水を取りにいかねばならない」と繁忙期に休むやら、「今、電話をかけてきた人のマイナス・エネルギーを受け取ってしまった」とトイレに駆け込んで吐くやら、あまりにヒステリックで使い物にならなかった。渚左が耐えきれず注意すると、「あなたは、この仕事をするのにふさわしくない」とまで言い放った。その結果は、火を見るよりも明らかだった。

「スピ・マニアって、疲れるよね。はい、ビタミン補給して」

渚左が、しぼりたてのグレープフルーツ・ジュースを持ってきてくれた。

「ありがと」

「おー、作り笑顔も痛々しい。お疲れ様でした」

渚左は笑ったが、今回のマダムごめんなさいが日向子に与えたダメージは、過去最高なのだった。

マダムごめんなさいが熱望する「家族との調和」って、なんなんだ⁉

日向子も、一輝と紗恵には不満がある。

一輝はときどき外で飲み過ぎるし、紗恵が無愛想なのは相変わらずだ。

それでいて、二人とも身の回りの世話は日向子がするのが当然と思っている。

紗恵は、自分のものだけ洗うために洗濯機と乾燥機を回す。家族の汚れ物は、ほったらかしだ。一輝はせっかく作った食事をガツガツ食べるだけで、うまいもまずいも言わない（「まずい」なんて言ったら、首を絞めてやるが）。

コマーシャルに出てくるように、笑顔で冗談を言い合いながら食卓を囲んだことなど、もうずっと前のことだ。

けれど、日向子はそのことで悩んではいなかった。

日向子はスマイル・スマイルの製品を、よく家に持ち込む。サプリは一輝にも飲ませる。一輝は、日向子が語る能書きを「ふーん」と聞き流し、素直に飲み込む。紗恵は、風水グッズに熱心ですらある。

スピに突っ走るマダムごめんなさいと、それを冷ややかに突き放す家族との間には、確かに深い溝がある。

それに比べると、日向子たち三人にはまだ関わり合いがある。

マダムごめんなさいの話を聞いていると、自分と家族の関係はいいほうなんだなと思える。もしかしたら、それが長話に耐えられる理由なのかもしれなかった。

しかし、今回は別だった。

日向子は霊的に高いステージにおり、みんなと調和しているから悩みがないのだと、無邪気に羨ましがられたのが、何と言ってもきつかった。

つい二、三日前なら、その言葉でホイホイ舞い上がっていただろう。

けれど、今は違う。

家族とのはなはだしい不調和にさらされて、日向子は混乱のただ中にいる。面倒くさいわ、腹立たしいわ、情けないわで、もうグチャグチャである。

どうしたらいいのか、わからない。本当に、困っている。

問題の答は、内なる魂が知っているのか？

コンタクトをとったら、「お待ちしてました。はい、どうぞ」と、その答を教えてもらえるのか？

霊感ゼロの自分でも、なんとかできるものだろうか？

霊感は誰にでもあると、スピな人々は主張する。ただ、気づいていないだけだと。

「気づき」もスピ用語なんだよね。やっぱり、「気」か。

あーあ。

日向子は「気を浄化する」アロマスプレーを、自分の頭に吹きかけた。ミントと白檀《びゃくだん》が混じったような、涼やかな香り。

でも、頭の中まで涼やかにはならないのだ。人生はどうして、こうもすぐにゴチャゴチャしちゃうんだろう。油断も隙もありゃしない。

3

スピ界においては、人の運命はオギャーと生まれたそのときから決まっているというのが定説だ。そして、内なる魂はそれを知っていると。

てことは、内なる魂とツーカーの間柄だったら、判断に困ることが起きるたびに、どうすればいいかを問い合わせればいいわけだ。

それなのに人は昔から、占い師やサイキックにお金を払って、ご託宣をあおぐ。

それは、人間の心が粗雑になって、内なる魂の存在を忘れるばかりか、軽んじるようになったからだとスピの人は言う。

なんと、不経済な！

わたしは信じますよ。日向子は天に訴えた。

それも、自分に都合のいいように運勢を変えてくれなんて、わがままは言いません。

運命は決まってるんですよね。人生で起きることはすべて神様の思し召しと、安んじて受け入れればいいんでしょう？

そうします。抵抗しません。不満も言いません。だから、教えて。この先、どうなるの？

駐車スペース付き一戸建て住宅で、日向子と亜希子姉妹は成長した。今や築四十年の家屋は古ぼけたが、両親が健在でそこにいる「実家」がある安心感は、年を経るごとに大きくなっていった。

父親は七十歳。母は六十八歳。この高齢社会では、若いほうの部類に入る。実際、元気だ。

六十八歳まで会社勤めを続けた父は、退職後はのんびり過ごすと宣言していたものの、することがない日々にすぐさま音を上げた。そして、市内の名所旧跡を案内するボランティア・ガイドに登録したり、地域イベントの世話人をやったりして暇つぶしに余念がない。母は母で若手演歌歌手に萌え、追っかけにいそしんでいた。

元気でアクティブな両親のありようは、日向子にとっては大変微笑ましく、心強いものだった。老親の介護に追われる人の苦労話はよく耳にするが、自分がその立場になるのはまだまだ先だと安心しきっていた。

両親は余生を楽しんでいる。今生《こんじょう》の別れはいずれ必ず来るものだから、それについて思い煩うのは、そのときにしよう。

実家に関することで日向子が考えていたのは、その程度だった。

然るに、両親は実家の土地活用を考えているという。

問題は、その情報をもたらしたのが亜希子だということだった。

亜希子の家は三階建てで、一階がラーメン屋、二階と三階が住居部分だ。舅はすでに見送ったが、八十二歳になる姑が健在で同居しているので、三人の義姉たちが盛んに出入りする。

がらっぱちな家風にさっさと染まり、今や長男の嫁として悠々たる貫禄で君臨しているかに見える亜希子だが、小姑だらけの家で暮らす主婦のストレスからは逃れられない。いつしか、家族への怒りで満杯になると、日向子を相手にしゃべりまくってガス抜きをするのが習慣になった。

つまり、姉妹は主婦の苦労を分かちあう親友でもある。日向子はそのことを喜んでいた。

日向子のパートは、土日が休みだ。だからといって、家族三人が団欒《だんらん》にいそしんでいるわけではない。一輝は寝室で惰眠を貪り、紗恵は友達と出かけるか、でなければ自室にこもって父親のパソコンを借りてネット・サーフィンをする、あるいは（願わくば！）勉強をするなど、それぞれに時間を過ごすことが多い。

週末の河埜家のリビングは、人目も時間も気にせず、姉妹二人きりで思いきり話し合うのに格好の場所なのだった。

そうやって小一時間も愚痴を聞いてやると、「ここは静かでいいねえ」とほっとしていたはずの亜希子がソワソワし始める。

雑然として騒がしいが、そのぶん活気がある。あそこがやはり、自分の居場所だと思い知るのだろう。

その様子を眺めると、日向子も気分がいい。

姉として、妹を気分転換させた満足感があるからだが、それだけではない。

日向子はサラリーマンの娘として、建て売りが並ぶ住宅地で生まれ育った。そして、サラリーマンと結婚し、子供を一人産んで、分譲マンションで暮らしている。

パートで働くスマイル・スマイルはスタッフが十人以下の小さな通販会社で、仲間たちもサラリーマンの主婦ばかり。

このように、ホワイトカラーの世界しか知らない日向子は、亜希子の境遇の変化を心のどこかで「格落ち」と受け止めている。

だから、あたふたと帰り支度をする亜希子に、「あんたはよく頑張ってる。えらいと思うよ。わたしだったら、とてもやってられない」とねぎらうとき、日向子の心にあるのは優越感だ。

かくのごとく、亜希子の愚痴を聞くのは、日向子にとって自己満足度が高まる、いい時間なのだった。

だから、つい先だって亜希子から電話があったとき、日向子は鷹揚《おうよう》に受け入れた。草加煎餅《せんべい》をぶらさげてやってきた妹を出迎える日向子の唇は、姉のプライドでおおらかにほころんでいたのだ。

だが、それは五分でへの字に変わった。

亜希子がいきなり、「実家の土地活用」なる話題を持ち出したからだ。

「土地活用？」

日向子は、耳慣れない言葉をオウム返しした。

すぐには、ピンと来ない。これまでの人生で使ったことのない言葉だ。土地を活用するなんて、大地主のすることなのではないか？

「ビックリでしょう？　わたしも聞いたとき、ぽかんとしちゃったわよ」

日向子の顔色を読んだ亜希子は、目を見開いて当時の衝撃を強調した。

「聞いたって、いつよ」

「この間の金曜日よ。上のお兄ちゃんにご飯持って行かせたんだけど、戻ってきたとき、おじいちゃんちに誰か来てて、土地がどうこう言ってたって言うのよ。どうこうって、なんなのよと思うでしょ。もう、気になってしょうがないから、店ほっぽって飛んでったわけ」

亜希子はちょっと、得意そうだ。

母はここ数年、食事の用意をするのを面倒がるようになっていた。それで、亜希子がときどき、商売ものの餃子や焼き飯を両親に届けるようになったのだ。

運搬役は、息子たちだ。亜希子の家と実家は、体力がある男の子がマウンテンバイクですっ飛ばせば十分の距離にある。

杉原が転職を重ねた挙げ句、家業のラーメン屋を継いだ当初は、その決断をよく思わない両親との間に溝が生まれ、疎遠になっていた。だが、次々と生まれた孫が溝を埋めた。それどころか、亜希子はしばしば子供たちを預けっぱなしにして、実家を保育所代わりにした。

今、亜希子が両親の食事の世話をしていることに、日向子は長女として少なからぬ負い目を感じてはいる。けれど、これまでの経緯を考えれば、それくらいして当然だとも思う。

しかし、そのせいで、実家の土地に関する大事な話を亜希子の口から聞くことになったのだ。

娘は二人とも嫁ぎ、森村家には跡取りがいない。だから、自分たちが死んだら不動産は売却し、その金を姉妹が等分に受け取る。これで恨みっこなし。

それが、かつて両親が言っていたことであり、日向子たちにも異存はなかった。生まれ育った家がなくなるのは寂しいが、そういうものだと単純に割り切っていた。しかし、どうも、そうはいかないらしい。

亜希子によれば、両親は元気だからこそ、先行きの心配をするようになったそうだ。これから先、十年生き延びるとして、人生を楽しむにしろ、老いに負けて介護される身となるにしろ、年金だけではまったく足りない。かといって、子供たちに負担をかけるのは忍びない。

ああ、もっと金があれば……。

そんな懊悩《おうのう》に取り憑かれた父のもとに、土地活用話が飛び込んできた。三十五年ローンを組み、倦《う》まずたゆまず働き続けて、ようやく手に入れた自分の土地。うまくやれば、そこから収入を取り込める。

そのアイデアに、父はもとより母が乗り気なのだと亜希子は話した。

「お母さん、まだ六十代でしょう。だから、新しいことにチャレンジして、もう一花も二花も咲かせたいと思ってたんだって。この話するときのお母さん、輝いちゃってさ。わたしまで、嬉しくなっちゃった」

亜希子の声が弾むのに反して、日向子の心は暗くなった。

日向子とて、実家を無視していたわけではない。月に一度は顔を見せに行った。で、何をしていたかというと……。

母に漬け物を分けてもらった。あとは、どうということのないおしゃべり。そして、一万円也のお小遣いを渡す。母はいつも、「何かのときのために、とっとくわ」と笑って受け取った。

日向子は母を、母として生きる人だと思い込んでいた。子供たちの心の後ろ盾として、ただ、そこにいる人だと。けれど母は、もう一花も二花も咲かせたいと望んでいたのだ。なにより、両親が先行きの不安に苛《さいな》まれていたというのが、ショックだった。

二人とも、充実した老後を送っていると思っていた。だから、気に留めていなかった。おかげで、妹のほうが実家の事情に精通している。そのことに、日向子は忸怩《じくじ》たる思いを隠せない。

自責の念に押しつぶされ、唇を噛む日向子の苦衷《くちゅう》を知ってか知らずか、亜希子はこともなげに言い放った。

「でね、ヒナ姉ちゃん。その土地活用なんだけどさ。うちが、お父さんと協力してやろうかって話になりかけてるのよ」

え？

意味がわからない。日向子は口を開けて、亜希子を見つめた。

それはまさに、マダムごめんなさいが、日向子は内なる魂とコンタクトがとれているから家族と調和がとれていると、大ハズレをかました一日前のことだった——。

それから一週間後、よき睡眠をもたらして内なる魂とのコンタクトをサポートするというフラワーエッセンス・アロマを購入したマダムごめんなさいから、また電話があった。

無論、相手をするのは日向子である。

「河埜さん、すごくよく眠れたんですよ」

マダムごめんなさいの声からは、感嘆が滲み出ている。いつも、こうだ。彼女は、商品の効能を認め、ほめあげる。それから「でも」と続けるのだ。

効果は万全ではない。彼女の悩みは尽きないのだ。そして、今回も。

「でも、熟睡し過ぎて、夢も見なかったんです。メッセージ、受け取れないんです。わたし、どうしたらいいんでしょう」

「ああ、それは、その」

日向子はヨレヨレの脳細胞にカツを入れて、ビジネストークを絞り出した。

「夢からメッセージを読み取るのは訓練がいるようですから、そのまま継続して、いい睡眠を続けていたら、そのうち、なんとかなる、かもしれません」

きわめていい加減だが、聞きたいことしか聞き取らないマダムごめんなさいの耳には、これで十分なのである。

「そうですね。夢も見ないというのは覚えてないだけのことで、無意識のうちに内なる魂とコンタクトしてるのかもしれない。河埜さんみたいに」

「いえ、わたしは」

コンタクトなんか、してませんよ。そう言いたかったが、我慢した。

「とにかく、よく眠れたというだけでちょっと嬉しくなって、鼻歌なんか歌っちゃったんです。そしたら、それが珍しかったみたいで、娘が吹き出したんですよ。顔見合わせて、二人で笑ってたら、夫もなんだ、どうしたんだって割って入って。嬉しかったわ。そのあとは、いつもの調子に戻っちゃったけど。でも、少しずつでも、変わり始めてるのかもしれない」

マダムごめんなさいは、陽気だ。スピが進んだ証拠だ。スピな人々は、前向きになりやすいみたいだ。信じるものは救われる。

だが、救われたあなたの喜びは、救われないこちとらには忌々しい限り。

日向子は本当は、こう言いたかった。

熟睡し過ぎて、夢も見なかった？　あー、そうですか。よかったじゃないですか。わたしなんかね、ここんとこ、眠るどころじゃないんですよ。もう、気が立って気が立って、ハーブティー飲んでも、アロマスプレー吹きまくっても、どうにもならないんですよ。わたしの内なる魂は宇宙のどこかで遊んでるらしくて、わたしのこと、ほったらかしなんですよ！

今の日向子は困るのを通り越して、イライラとムカムカとモヤモヤで一杯になっている。頭がまったく、働かない。内なる魂どころか、自分自身とコンタクトがとれない。

大体、昔から日向子は悩むのが苦手である。悩み続けるパワーがないから、いつも途中で「悩むの、やーめた」とばかり、問題を投げ出してきた。つまりは、自分からは極力何もせず、流れに任せてきたのだった。

しかし、今回は流れに任せてしまうと「まずいんじゃない？」「妹にしてやられっぱなしで、いいの？」と、内心の声がしきりにつつくのである。

内心の声。それが内なる魂ではないことを、スピ寄りの日向子は知っている。

内心の声とは、言い換えれば本音だ。欲張りで意地っ張りの本音。

だけど、本音の本音は「ゴタゴタはイヤ」のひと言。

問題がどう展開していくのか事前にわかっていれば、無駄に気をもんで消耗せずにすむ。

スピ様、お願い。教えてよ。

わたしの人生、一体、どうなるの？

普通にお家騒動

1

三十坪の敷地に立つ木造二階建て。それが、日向子の実家、森村の持ち家だ。ローンは父の退職金で完済したが老朽化は否めず、かつ、四十年前の物件らしく、まったくバリアフリーではない。

洗浄トイレになり、風呂場にシャワーがつき、階段に手すりが取り付けられるなど、小さな改修が加えられたが、この先、両親が要介護の身の上になったときは大変不便だ。いずれは全部売却して、老夫婦はバリアフリー設計の小さなマンションに移り住む。それが家族の総意だった。少なくとも、父が退職するまでは。

父の心変わりを日向子に知らせたのは、亜希子だった。

息子から、実家に不動産業者が来ていると知らされた亜希子は、すぐさま駆けつけて両親から洗いざらい経緯を聞き出したのだ。その報告によると――。

両親ともに元気だが、肉体の衰えは否めない。階段を登るのが億劫だという理由で、二階家ながら階下のみで暮らしている状態だった。夫婦二人だけなら、それで十分だ。だからこそ、いずれは使い勝手のいいマンションに移ると計画していたのだ。

しかし、それは両親がまだ若かった頃の発想だ。年をとったら気力も体力もなくなって、毎日お茶を飲みながらテレビでも見ていれば満足するのだろうと、たかをくっていた。年金だけでは心細いが、住む家があるし、食べるだけならなんとかなると。

だが、実際、年金生活に入ってみると、すべてが予想とは違った。

体力の衰えは否めないが、まだまだ死にそうにない。それどころか、いや、だからこそなのか、「何か、したい」という欲がある。

で、父はシルバーガイドや地域イベントの世話役のようなボランティア活動に精を出し、母は習い事やアイドル追っかけと、それらに伴う友達付き合いにいそしんだ。

それなりに楽しいが、金がかかる。母だけでなく父も、外に出るとなれば身なりに気を遣うし、仲間たちとの会食や小旅行も増えるなど、何かと金を使うことになるのだった。

年金だけで賄えない分は、預金を取り崩した。しかし、少しずつでも預金が減るのは非常に心苦しい。いつか倒れたとき、質のいい医療や介護を受けるために、できるだけとっておきたいのに。

つまりは、この先の人生を充実させるためには、年金だけではまったく足りないというしかない。

金銭の不充足感とは恐ろしいもので、いったん取り憑くと際限もなく増殖していく。両親はこの一年あまり、何かというとこの話題で愚痴りあったり、口論したりしてきたそうだ。

そのうち、まだ六十代で活力がある母が、堂々巡りから抜け出せない父に焦《じ》れて、こう言い放った。

「だったら、元気なうちに土地を売って、そのお金を自分たちのために使うことにすればいいじゃないの」

古い木造の一軒家しか知らない母には、以前から快適なマンション暮らしへの憧れがあったのだ。だが、父は逆に土地に執着した。

土地の価格は時勢によって上下する。しかし、使えばなくなる金と違って、土地は消えてなくなることがない。それを思うと、土地を金に換える決心がつかない。なにより、ローンを完済してようやく完全に自分のものになった土地を、「売る」と考えただけで身を切られるような思いがする。

土地は売りたくないと、父は母に告げた。だが、それなら金銭不安に逆戻りだ。サラリーマンではなく商売人だったら、店を後継者に継がせて収入を継続させられたろうに。この先も金の苦労がついてまわると思うと、長生きも考えものだ――。

先だって会社のOB会に出席した父は、冗談めかしてそう嘆いた。すると、周囲の白髪頭や禿頭が揃って、苦笑とともに頷いた。

そんな中で、在職中は切れ者で通っていた元同僚が、ふっと言った。

「おたくは自分の土地があるんだから、アパートでも建てて活用すればいいじゃないか」

アパートやマンション経営で安楽な大家暮らしができるなんて、幻想だ。そんなことは、今や常識である。

父もそれを言って受け流そうとした。しかし、彼は首を振った。

「それは身の丈に合わない大きなものを作ってしまった場合のことで、二階建てのコーポ形式程度なら建設費用も抑えられるし、新築のうちは間借り人に困ることもない。子供との共同名義にして、親子で責任を分担すれば気も楽だろう」

すると、親譲りの古いマンションを持っている旧友が口を挟んだ。

「これから金かけてアパートを作るのは、やめたほうがいい。それより、一軒家のままでゲストハウスにすればいいよ。トイレも風呂場も台所も共同の寮みたいな暮らし方が、今の若いやつらに喜ばれてるそうだ。敷金礼金保証人なしなんで、外国人留学生の利用も多いらしい」

それなら、インターネット環境を整えた六畳程度の個室がいくつかあればいい。共有部分の掃除は大家がやってもいいし、住人たちの回り持ちにしているところもあるなどと、彼は事情通ぶりを見せた。

もちろん、リスクはある。ゲストハウスにしたところで、千客万来の保証はない。けれど、小規模ゲストハウスは現在、アパートよりも稼働率がいいそうだ。

このゲストハウスというアイデアに、父はおおいにそそられた。

父は、シルバーガイドや地域イベントを通して、外国人留学生や旅行者、それにイベント好きな学生たちと触れあう経験を持っていた。

ゲストハウスの魅力は家賃の安さだから、規模の小ささから見ると、全室稼働しても利益はわずかなものだろう。

年金だけでは不安だから、もっと金が欲しい。父の不安がその一点なら、土地を売却して金を抱え込むのが一番だ。しかし、ロマンチストの父は、自分の土地が何かを生み出す可能性のほうに魅力を感じた。

そして、人生にもう一花も二花も咲かせたいと思っていた母も。

「結局、二人とも生き甲斐が欲しかったのよ」

長い話を終えた亜希子は、目を宙に向けた。

「年とってるからってあきらめず、チャレンジするって言うのよ。わたし、感動しちゃった」

日向子も「そりゃ、金の亡者《もうじゃ》よりいいけどねえ」と同意したが、眉間にきつく「Ｎｏ！」印のしわが寄った。

若者たち数人が一軒家をシェアして暮らすライフスタイルは、テレビドラマで採り上げられ、話題になった。でも、それはかなりおしゃれな家の場合で、森村家のような四十年前の建て売りで通用するとは思えない。

「人に貸すなら、お金かけて、いろいろやらなきゃいけないでしょう。いくら、設備投資にお金がかからないと言ったって、百万二百万ですむことじゃないんじゃない？」

どちらかというと日向子は、両親にはチャレンジなんかせず、静かでリスクの少ない余生を送ってほしいと思う。

大体、降って湧いたようなゲストハウスの話を鵜呑みにしていいのか？

自他共に認めるのんき者の日向子ではあるが、実家の土地がからむだけに、脳内警戒ブザーがブーブー鳴る。

「もっとよく調べたほうがいいと思うけど」

首をひねりつつ、そう言うと、亜希子が身を乗り出した。

「そうだけどさ。まったく、意味のない話じゃないと、わたしは思うのよね。実を言うと、ゲストハウスはいいんじゃないかって、うちのお父ちゃんやお兄ちゃんたちが賛成してるのよ。お金がかかるなら、うちの店を担保にして融資申請して、共同事業ってことでやってもいいって。まだ、お父さんたちには言ってないけどね。まず、ヒナ姉ちゃんの了解とってからと思ってさ」

え？

日向子はぽかんとして、亜希子を見つめた。

それ、どういうこと？

「ちょっと待ってよ。そんな大変なこと、いきなり言われても、返事できないわよ。わたしだって、うちのに話したいし」

「そうよね」

亜希子は力強く頷いた。

「相続がからむかもしれないから、当然、家族全員で相談して決めるべきよね。それは、わかる。でも、その前に二人で根回しというか、意見をまとめといたほうがいいと思ったのよ。お父さんたちの前で喧嘩するの、よくないでしょう」

「そりゃ、そうだけど」

相続？　喧嘩？

なに、それ。

日向子はただ、茫然とした。それをいいことに、亜希子が追い打ちをかけてきた。

「でもさ、この話、共同事業にするなら、ヒナ姉ちゃんとこより、うちだと思うのよね。紗恵は女の子だから、いずれ結婚して、出ていくでしょう？　うちには男の子二人いるから、ゲストハウスの後継者になれる。立ち上げから下働きいろいろさせれば、実地訓練になるし。大体、ゲストハウスって、どこも運営者は若い人なのよ。お兄ちゃんたち、成績はいまいちだけどコンピュータは扱えるから、ホームページ作るとかすぐにでもできるし」

後継者って、なによ。ちょっと待ちなさいよ。

日向子は焦った。しかし、とっさに口から出た反論は——。

「話が違うじゃない。板前と旋盤工は、どうなったのよ」

えっと。問題は、そこじゃないでしょう。わたしが言いたいのは、そういうことじゃなくて、うーん、なんというか、この展開はヘンだと言いたいのだ！

どこかが間違っている。でも、どこが？

正当な反論を思いつけず、ただカッカとする日向子を無視して、亜希子はしゃらっと答えた。

「あの子たち手先が器用だから、わたしが勝手にそう言ってただけ。プラモとかフィギュアとか作らせると、うまいからねえ。あれなら、雨漏りや水漏れの修理とかの家のメンテナンスは自前でばっちりよ」

「プラモと家じゃ、比較にならないでしょう。あんた、物事を簡単に考え過ぎよ」

そうだ。それが言いたかったのだ。

「大体、昔からそうなんだから」

直情径行。何かしたいとか、欲しいと思ったら最後、一秒も躊躇しない。結婚にしてからが、決めるまではあっという間で、家族に杉原を紹介したときには妊娠していた。

日向子は心配しているだけなのに、亜希子はムッとしたらしく、ぐっと顎をあげて言い返した。

「そうかしら。わたしは小さいながら店をやって、毎年、確定申告の書類書いてきた。経営の苦しさも、ちゃんと知ってる。はっきり言って、この件に関してはヒナ姉ちゃんより即戦力だよ」

それは聞き捨てならない。日向子は、亜希子を睨んだ。

「あんただけの実家じゃないのよ。うちの家族とも話し合いたいわ」

「もちろんよ。やあねえ、怖い顔しないでよ」

亜希子は、ケラケラ笑った。憎たらしいこと、このうえない。

「誤解しないでね。うちで面倒見るのが現実的じゃないかと思ってるだけなんだから。うちはもう、この件には全員賛成で一致団結してる。ヒナ姉ちゃんとこは、お義兄さんだって経営のことは経験ないし、いずれ、政江さんと同居ってことになったら、実家どころじゃなくなるだろうし」

なによ、かんに障ることばっかり並べて。これで怒るなというほうが、どうかしてる！

「とにかく！　今夜、一輝に話すから。ひとり決めして突っ走らないでよ」

「突っ走ってないでしょ。こうやって、ちゃんと相談してるじゃない。冷静になってよ」

亜希子は明らかに喧嘩上等モードで、嫌みったらしい笑顔を浮かべた。

「いきなりだから、なかなか納得できないだろうけど、わたしはお父さんたちの人生最後の夢をかなえてあげたい一心なのよ。ヒナ姉ちゃんも、その線で考えてあげてほしいだけ」

「わかってるわよ」

妹のくせに、姉をバカにして。日向子はもはや、不快指数百パーセントである。

亜希子が帰ると、すぐに一輝が顔を出した。

「なんか、すごいことになってるな」

こちらも、眉間にしわが寄っている。

「聞いてたの？」

「聞こえるよ、あんな大声でやりあってたら」

日向子は情けなさで一杯になった。

身も蓋もない姉妹喧嘩が情けない。両親の心境を、長女の自分がまったく知らなかったのが情けない。そして、夫が喧嘩の仲裁に現れてくれたらよかったのに」

「だったら、出てきて応援してくれたらよかったのに」

日向子はダイニングチェアに倒れ込み、声を絞り出した。

「いや、なんか、タイミングがわからなくて」

一輝も同様にダイニングチェアに腰を下ろし、腕を組んで考え込んだ。

「いいような、悪いような話だなあ」

「どういう意味よ」

「土地を活用すること自体は、悪くないと思う。けど、亜希ちゃんが出しゃばりすぎじゃないか。あの調子で、亜希子ちゃんがからむのは、どうもなあ」

一輝は基本的に、亜希子があまり好きではない。日向子が亜希子の言葉に影響されるのを、よく思っていなかった。

日向子にとって、それは一輝の欠点だった。しかし、今は亜希子の言動を不愉快と受け止める一輝こそが日向子の味方だ。

両親と妹が、わたしをないがしろにして、実家をどうにかしようとしてるなんて。

それはないでしょ！

実家をゲストハウスにリノベーションする。その運営に、亜希子一家が加わる、かもしれない。

2

その知らせが飛び込んできたとき、日向子の胸をまっさきに占めたのは、妹に先を越された無念だった。

日向子は確かに、先のことを何も考えていなかった。政江と同居になりそうだから、それを重荷に思っている。その程度だった。

一輝が定年後をどう過ごすつもりなのか。その心配も、ときどき思い出す程度。年金だけではやっていけないから、貯金に努めたり、スマイル・スマイルでのパートをできるだけ続けたいと願っているだけだ。

何かあったら、流れに任せる。それでいいと思っていた。

しかし今、流れに任せると、亜希子にすべてを仕切られてしまう。それは容認できない。

亜希子が帰ったあと、一輝に促されて、実家に電話をかけた。

すると母が出て、すぐに父と替わった。噛みつくような勢いで、亜希子に聞いた話の真偽を確かめると父は、リノベーション業者から提案されたばかりで、興味はあるがまだ決定はしていないと答えた。

父は父なりにいろいろ調べており、気持ちが定まった時点で、子供たちに報告するつもりだったという。やはり、亜希子の先走りなのだった。だが、亜希子が「一家を挙げて協力したい」と言ってくれたのは嬉しかったと、父は言うのだ。

「自分が築いたものを誰かが受け継いでくれるというのは、嬉しいもんだ。この年になると、そういう境地になるんだな。豊臣秀吉が跡継ぎにこだわったことが、よくわかるよ」

天下人《てんかびと》と自分を重ね合わせるか？　日向子は呆れた。

だが、そのひと言で、父がゲストハウス運営に傾いているのがありありとわかった。

リスクを伴うことはしないでと、本当は言いたかった。けれど、それでは亜希子が両親の「背中を押す」一方で、日向子が「足を引っ張る」構図になる。気持ちのいい役回りではない。

日向子は「よく考えて。わたしたちにも、ちゃんと相談してよ」と伝えるのが、精一杯だった。

その後、夕食の席で一輝と紗恵に話した。

「そういうの、テレビで見た。やれば、いいじゃない」

紗恵は無邪気に喜んだ。いとこたちが運営に関わるかも、という点には無関心だ。実現すれば遊びに行きたいなどと、まるで他人事。まあ、まだ子供なのだから、それは仕方ない。一方、一輝が口にしたのは、亜希子が何もかも決めたあとで日向子に情報を持ちかけた、ように思えることへの不快だった。

「話を聞いたばかりにしちゃ、亜希ちゃんのほうはちゃんと態勢整ってるよな」

「そうなのよ。本来なら、ゲストハウスの話が出た時点ですぐにわたしに知らせて、みんなで最初から話し合うべきでしょう？」

のんき者の自分と違って、亜希子は思い込んだら止まらない行動派だ。

積極的と言えば聞こえはいいが、要するに考えなし。日向子の目から見れば、そのせいで亜希子の人生は成功しているとは言い難い。

けれど、何事も人のせいにせず、明るく開き直って頑張る豪胆なところに、姉ながら感じ入っていた。竹を割ったような性格が好きで、信用していた。仲の悪いきょうだいがざらにいる世間で、自分たちは互いを認め合う、いい関係だと誇らしく思っていたのだ。

その亜希子が、日向子を無視した。それどころか、自分より劣っていると見下した。

そんな風に思っていたのか。日向子には、その衝撃が強かった。

しかし、一輝が問題にしたのは別のことだった。

「本来、姉妹二人に権利がある資産のことだろう？　亜希ちゃんたちが共同でやるというんなら、その場合、日向子の権利はどうなるのか、お義父さんも僕も交えて、ちゃんと話し合うべきだよな。金がどうこうより、フェアじゃないのが、どうも気になる」

資産と言われると、日向子の心にも「権利」という言葉がしみついた。

亜希子は息子たちを後継者にするという。紗恵はどうせ結婚する身だからと。

しかし、結婚して出ていくから、何の関係もないだろうと言わんばかりの態度は、おかしい。亜希子だって、出ていった身ではないか。

亜希子に出し抜かれた。もう、無邪気に信じることはできない。

怒りはふくらむ一方だ。とてもじゃないが、収まらない。

それから、両親を挟んで、何度か家族会議の席を持った。けれど一ヵ月経っても、話は一向に前進しない。

いや、進んではいる。実家をゲストハウスにする案は、ほぼ決定だ。なにより、両親が乗り気なのだから。

しかし、そこから先に進めないのは、運営に誰がどのように関わるかでもめ始めたからだった。

きっかけは、政江だ。

ゲストハウス問題が河埜家に持ち込まれて一週間後の日曜日、政江がやってきた。

「ねえねえ、聞いたわよ。ゲストハウスのこと」

政江は、目を輝かせた。どうやら、面白がっている気配。しゃべったの？　日向子は、ソファにふんぞり返って新聞を読む一輝に目で問いかけた。一輝はへの字口で、まばたきをした。

隠す必要はないが、話してどうなるものでもないだろう。日向子はうんざりした。それでなくても、この件は考えるだけでムカつく「厄介事」として、背中にのしかかっているのだ。

「なんだか、今頃になって、そんなこと言い出して」

苦笑しつつ、政江がお土産に持ってきたシュークリームを皿に移した。政江はダイニングテーブルに頬杖をついて、うっとりと言った。

「森村さん、いいこと思いついたわねえ。若い人が集まるんでしょう。古い一軒家にも、そういう使い道があるのねえ。わたしは過去を振り返らない主義だから、マンションのほうが楽だと思って、家売っちゃったけど、マンション生活って、なんだかねえ」

ため息をつきながら、嫁に流し目を送る姑。日向子は弱い笑みを作りつつ、身構えた。

「この間みたいに具合が悪くなっても、誰にも気付いてもらえないじゃない。あのときはまだ意識があったから孝美を呼べたけど、意識不明になったら、そのままよね。孝美もこの頃は呼ばないと来てくれないし。でも、一つ屋根の下なら、何かあったとき安心よねえ」

「ええ、まあ、それはそうですねえ」

政江ご指名のローズヒップティーを出しながら、日向子の頭は忙しく動いた。

なんだ、この展開は。いよいよ、同居を迫る前振りか？

政江との同居は、一輝に宣言されたことではある。でも、それは「介護が必要になったら」という条件付きだと、日向子は解釈していた。

本当は同居はイヤだが、要介護の身になれば避けようがない。社会制度がそう仕向けているのだからと、半ばあきらめていた。だが、元気なうちから同居されるのは、ごめんこうむりたい。

まったく、実家のことでイライラしているのに、こっちもかよ。

イライラの重量が増して、日向子は吐きそうになった。しかし、そのとき。

「わたしも、そこで暮らしたいなあ。ねえ、わたしが入居してもいいんでしょ？」

はぁ？

日向子は思わず、目をむいた。

「なんなら、わたし、森村さんたちと一緒の部屋でも構わないのよ。どうせ、共同生活なんでしょ。わたしなんて、お布団だけあればいいんだもの。仏壇も要らない。お父さんのお位牌だけ、置くところがあればいいわ。わたしの居場所はキッチンでいい。そこで、みんなのご飯作ってあげる」

メルヘンばばあらしく、若者たちに「素敵なおばあさま」とかいって一目置《いちもく》かれ慕われる役どころを、勝手に思い描いているに違いない。

しかし、でしゃばりで、わがままで、年のわりに派手好きなあなたが、今さら質素な暮らしで我慢できるわけ、ないじゃない。

それに、うちの実家だよ。自分たち三人家族が出入りするのは構わないけど、政江が入り込むのはイヤ。実家の両親だって、それは受け入れられないだろう。

「でも、一個一個の部屋は狭くなるらしいんです。そしたら、うちの親と一緒にというのは、いくらなんでも狭すぎると思いますけど」

「だったら、わたしはわたしで一室借りるわ。一輝とあなたも出資するとかして経営に一枚嚙むことにすれば、お家賃は割引になるんじゃない？」

「そんなことまでは、考えてないよ」

一輝がぶすっと言った。

「本当は僕も日向子も、そんなリスクを負わないほうがいいと思ってる。でも、もう、その気になってるから、僕としてはできるだけリスクを少なくする方法はないか、日向子の相続分をどうやって確保するか、じっくり考えようとしてるところなんだよ。どうせ、保証人が必要になれば、僕ってことになるんだし」

しかし、政江はグズグズ言うのだ。

「亜希子さんのところはご主人も一緒になって、ゲストハウスを作るのに一生懸命なのに、あなたたちときたら、甲斐性《かいしょう》がないわねえ」

これには、一輝が気色《けしき》ばんだ。

「甲斐性がないって、なんだよ。もともと、あっちの家なんだ。僕たちが踏み込むのはおかしいだろう」

「でも、亜希子さんのところは踏み込んでるじゃない」

「だから、それがおかしいって、今、話し合いしてるんだろ」

「親の立場からしたら、娘が一家を挙げて応援するって言ってくれてるんだもの。おかしくなんか、ないわよ。あなたたちは、本心では計画に反対なんでしょう。夢がないわねえ」

いつのまにか、母子喧嘩になった。日向子はただ、唖然とするばかりだ。うちの問題に、政江がからんでくるなんて。

「僕たちは、森村のお義父さんの意思を尊重するって言ってるだろ。反対なんか、してないよ。ただ、何かあったときのこともちゃんと考えておかないと。今は向こうも、冷静さをなくしてるみたいだから」

一輝はうんざりしながらも、諭すような口調で説明しかけた。しかし、政江はあからさまに鼻で嗤った。

「あなたたちはどうせ、年寄りは自分たちに迷惑をかけないように遠慮しいしい生きて、静かに死んでほしいと思ってるんでしょう！」

一輝は一瞬、口をつぐんだ。日向子はヒヤッとした。政江に関しては、まさに図星です。そう思ってます。

「なんてこと、言うんだよ」

一輝は呻くように抗弁した。政江は、興奮で赤らんだ目で一人息子を睨んだ。

「わたしは残りの人生、一人で生きて一人で死ぬのはイヤ。だから、最後は孝美と同居するものと思ってた。でも、この頃、考えが変わった。子供や嫁に気を遣いながら、迷惑かけないように小さくなって生きるなんて、真っ平よ。ゲストハウスで、若い人たちと一緒に暮らしたい。森村さんたちの計画に反対のあなたたちみたいな、そんな夢のない、つまらない人たちに疎《うと》まれながら余生を過ごしたって、惨めになるだけよ！」

えっと、それって、わたしたちとの同居拒否宣言よね。

それは嬉しいんだけど、でも、母親にそんなこと言われる息子の立場は？

果たして、一輝の顔色が変わった。ムッとして席を立ち、足音荒く、外に出ていった。

嫁は立場上、残るしかない。

「日向子さん、ごめんなさいね」

政江はプンプンしながら、ちっとも謝意の感じられない口調で言った。

「一輝が悪いのよ。昔から、覇気《はき》のない子だから」

そんな子に育てたのは、あなただと思うけど……。そう思いつつ、嫁としては夫を立てないと。この件に関して、一輝と日向子は同盟軍だし。

「そんなこと、ないです。本当にうちの親と妹が夢中になり過ぎてて、不安なんですよ。話進めるにしても、誰かがしっかりブレーキ踏まないと暴走しそうで。それで、わたしたちが損な役回りを引き受けてるんです」

そうよね。日向子は、自分の言葉に頷いた。

そうよ。わたしたちは、みんなを守ろうとしてるのよ。亜希子に実家を乗っ取られそうで焦ってるとか、そういうんじゃない。お家騒動を起こすほどの身分じゃないんだから。大体、亜希子が悪いのよ。あの子が、自分の思いつきで突っ走るから、こんなことに……。

頭の中を整理するのに夢中で、日向子は政江の存在を忘れた。それは、珍しく彼女が二分以上黙っていたからでもある。しかし、貴重な沈黙も三分は続かない。

「わたしね、ゲストハウスの話に感動したのよ」

政江はティーカップを両手でくるみ、さめたローズヒップティーを見つめながら、話した。

「それ、昔で言う下宿屋でしょう。わたしが子供の頃は二階貸しって言ってね。小さい木造二階建ての一階に大家夫婦が住んで、二階を学生さんや工員さんに貸すってことが普通だった。貧乏くさくて、わたしは嫌いだったけどね。でも、年とると、ああいうの、いいなあって……。ねえ、日向子さん」

政江は、日向子をひたと見つめた。

「わたし、寂しいのは、もうイヤなのよ」

と、言われても——。

3

実家の両親が、古い一軒家をゲストハウスにリニューアルする。

それだけなら、いいアイデアだ。政江も大賛成である。

「昔は誰かが必ず家を継いで、二世代どころか三世代同居が当たり前だった。わたしは、それがイヤだったの。外国みたいに個人主義で、家族ごとに別々に暮らすのがいいと思ってた。孝美と同じマンションの別のフロアに移ったときも、これが一番いいと思ったのよ。友達にもそう言って、自慢した。でもね」

政江はもはや、鼻水をすすりながらの泣き語りである。

「誰かといたいのよ。誰かが酔っぱらって帰ってきたり、洗濯したり、こっそり泣いてたり。そういう気配を感じたいのよ」

言うことが甘すぎる。酔っぱらって廊下にゲロ吐いたり、平気で夜中に洗濯機を回したり、あたり構わず泣かれたりしたら、迷惑ではないか。

日向子は、そんなのイヤだ。まったくこの人は、物事のマイナス面を見ないんだから。日向子は健気な嫁として聞き役を務めながら、心の中でいちいち突っ込みを入れた。すると、それがまるで聞こえたかのように、政江がマイナス面の想像を持ち出した。

「今みたいに一人で暮らしてると、倒れても誰も気付いてくれないのよね。それはいいのよ。わたし、死体で発見されても構わない。下手に生命を救われて、生きたくもないのに病院で長生きさせられるのはイヤだもの。この際だから言っておくけど、わたしに何かあったら、延命措置はしないでね。人工的に心臓動かしたり、栄養注入したり、そんなのはやめて、静かに逝かせてちょうだい」

それはもう、絶対、そうします。日向子は深く頷き、政江の仕草による指示に従って、ティッシュボックスを差し出した。

政江は一回洟をかむのに、ティッシュを二枚使う。普通は、一枚を三回くらい折りたたんで使うだろう。この無駄遣い癖は、同居するとなると問題だ。

眉をひそめる日向子に頓着せず、政江はティッシュボックスを抱え込んで、話を続けた。

「わたし、死ぬのは怖くない。これ、ほんとよ。孤独死だって、構わない。耐えられないのは、生きてるのに、ずっと一人でいることなのよ。ずっと一人だとね、日向子さん、人って笑わなくなるのよ。わたし、できるだけ最後まで、誰かとしゃべって、笑っていたい。死ぬときは一人でも、直前まで誰かと話して、笑っていたい。死んだあと、ついさっきまで笑って話してたのにって、言われたい」

政江はティッシュペーパーを盛大に使って、むせび泣いた。日向子はどう言えばいいのか、わからない。

同じことを母が言ったら、日向子ももらい泣きしただろう。しかし、いかんせん、政江である。

シクシク泣いたあとで、「だから、お願い」がつくのは目に見えている。実家をゲストハウスにする話をとっとと進めて、自分を入居させるように計らってくれ。そう言うに違いない。

今は怒って出ていったが根っから母親に弱い一輝も、母親の世話をしたくない孝美も、そっちの方向で日向子を揺さぶるだろう。日向子はそれを恐れた。

幸い、その後の家族会議の席で、一輝が政江の入居希望を持ち出すことはなかった。

しかし、日向子の権利にこだわり出したため、杉原との間に微妙な温度差が生まれた。

一方、日向子と亜希子は毎回子供じみた姉妹喧嘩になだれ込み、収拾がつかないまま、時間だけが虚しく流れていった。

こんなとき、仕事があるのはありがたい。家を離れるだけで、気分が変わる。

とはいうものの、まったく解消されない問題を抱えていることには変わりない。

目に隈《くま》を作りながらも、スマイル・スマイルのおしゃべり仲間には、まだ家の事情を告白しかねていた。

ところが、渚左が口火を切った。

「ほんっと、家族って面倒!!」

経理を任せている弟が、自分の妻に直営店を持たせたいと言い出したのだそうだ。

数字に強い彼は、直営店を持つことのメリットを計算し尽くした計画書を突き出した。

渚左が怒っているのは、それが彼女にとって、寝耳に水の申し出だったからだ。

弟は確かに以前から、直営店を出すことを提案してはいた。しかし、渚左にその気がないことも知っていたはずだ。

それなのに今度は、店舗の物件候補まで見つけていた。忙しい渚左を細かいことで煩わせたくなかったからだという、もっともらしい言い分が小面憎《こづらにく》い。

しかも、計画書の内容がよくできていて、説得力がある。よほど時間をかけて、練ったと思われる。その周到さが、渚左には「ずるい」と感じられるのだ。

大体、弟夫婦はスピ系に嫌悪感を持つリアリストなのだ。しかし、利益が出る以上、内容は関係ない。そのスタンスを守っていたから、渚左は彼らがたまに口にするスピ系批判を聞き流していた。

それなのに、直営店の店長を弟の妻がするだと？

なんで、わたしのビジネスに、あの女が入り込むんだ⁉

弟の妻は、某化粧品会社の美容部員をしていた。だから、接客のスキルを持っている。本人もやりたがっているし、家族だから人件費もある程度抑えられると、これまた非の打ち所がない理由がついている。

でも、納得できない。

「ジレンマよお」

渚左は、パートたち相手に憤懣をぶちまけた。

「あんたが嫌いだから、やってほしくない、なんて言えないじゃない。直営店のメリットは確かにあるし、経営者としてはゴーサイン出すべきなのよね。だけど、なんか、気持ちが収まらないのよ。両親とも死んじゃって、家族はもう、わたしと弟の二人きりなんだから、助け合って生きていこうと思ってたのよ。それなのに、こんなやり方されちゃ、あいつのことをもう、信用できない。これが赤の他人ならさっさと縁が切れるのに、なまじ家族だから割り切れないのよ。もう、最悪‼」

顔を覆って、泣き真似をする。それを見て、日向子のガードがはずれた。

「それ、わたしと、ほとんど同じ」

渚左がハッと顔をあげた。蒲田と木内も、日向子を見た。

日向子は三人を見返し、話さずにいた実家問題の封印をぶち切った。


打ち明け話は、盛り上がった。

ゲストハウスにリニューアルするアイデアが魅力的で、スマイル・スマイルの面々も興味を持ったからだ。

渚左はホリスティック医療の勉強のため短期間滞在したカナダで利用したゲストハウスの思い出話をし、蒲田は住宅ローンで三十年かけて手に入れたマイホームが、住人もろとも古くなって価値をなくす従来のパターンを破る画期的なアイデアだと感心した。

その蒲田の言葉を受けて、木内は悔しそうに言った。

「古くなった物件は不動産価値が下がって、売るとしても買ったときの半分くらいに叩かれるのが常識と思ってたけど、それって不動産屋の陰謀なのよね」

彼女は結婚後住んでいたマンションを住み替えのため五年前に売ったのだが、そのとき、購入価格より二千万円も安く買い叩かれ、業者に「いいほうですよ」と言われて、涙を呑んであきらめたのだそうだ。それに続けて、いつもの夫批判を始めそうな木内の口を封じるべく、渚左が日向子に問いかけた。

「いい話だけど、妹さんが仕切るのが気に食わないわけね。だけど、わたしのほうはともかく、おたくの話は妹さん夫婦に任せりゃいいと思うなあ。向こうはそれなりの出資もするんでしょ。何がそんなに問題なの？」

「なんか、妹が過剰にエキサイトしてね。わたしに相続放棄を迫るのよ」

「あー、それはこじれるわ」

蒲田が少し嬉しそうに口を挟んだ。

「家族といったって、子供がそれぞれ所帯を持てば他人同士の集団だからねえ。何かと、もめるのよ。どういうわけか、きょうだいの連れ合い同士って、そりが合わないもんなのよ。で、集まれば喧嘩。これ、普通よ。ことに、相続がからむとねえ」

長男の嫁として辛酸をなめたらしき蒲田は、こういう話をするとき、どこか得意げである。

「だって、うちなんか、たいした資産ないのよ。相続税も発生しないくらいなんだから。それなのに」

日向子は頬をふくらませた。子供っぽいムクレ顔だが、無意識にそうなるのだ。

「たいした資産じゃないんなら、放棄してもいいんじゃない？」

無邪気に言う渚左を睨んでしまった。まさにそれこそが、亜希子夫婦の言い分だからだ。

亜希子の口から相続放棄という言葉が飛び出てきたのは、話がいっかな進展せず、三ヵ月が無駄に流れた、つい先日のことだった。

「わたしはね、共同でやるということは、お父さんたちのことはうちで面倒見るってことだと決めてるよ。お兄ちゃんたちにも、それは言ってある。おじいちゃんたちの手助けせずに、もらうものだけもらうなんて、とんでもない。なんといっても、お母ちゃんの親なんだから、介護の手を抜いたら許さないって、厳しく言ってある。改修工事の間だって、うちで暮らしてもらうつもりなんだから。相続放棄って言葉はご大層だけど、面倒もまるごと引き受けるんだから、チャラ以上だと思う。ヒナ姉ちゃん、そこまでの覚悟、ある⁉」

ムキになると、直情径行の亜希子のほうが強い。しかし、日向子には一輝がついている。

「まだお義父さんたちが元気なのに、同居だ介護だと騒ぐのは失礼じゃないか」

日向子の両親も、そこにいるのだ。一輝は二人に気を遣ってみせたが、亜希子はお構いなしだ。

「そうなってから考えたんじゃ、遅いのよ」

亜希子はキッとなって、一輝を睨んだ。

「わたしは、お父さんたちに安心してもらいたいのよ。お義兄さんだって、他人事じゃないでしょ。自分のお母さんが弱ったら同居して、ヒナ姉ちゃんに面倒見てもらいたいんでしょ」

「それはそうだが」

　ちょっと待ってよ。わたし、まだそれでいいとは言ってないわよ。日向子は目で一輝に訴えた。

「うちだって、お姑さんがいる。でも、お父さんたちが具合悪くなったら、家族の誰かが必ずそばにいて面倒見るって決めてるのよ。それもひっくるめての、ゲストハウス共同経営なんだから」

　そこで、話は元に戻る。亜希子は自分の考えを譲らないのだ。

　それならそれで、口約束ではなく、誰がどのような権利と義務を負うか、きちんと文書化するべきだろうと、一輝が言った。

　すると、杉原が応戦に打って出た。

「うちは、店を融資の担保にすることも考えてるんですよ。そこまでのリスクを負うんだから、ゲストハウスは完全な家族経営と考えてもいいでしょう。だったら、上物のゲストハウスだけでなく、土地もお義父さんとうちの共同名義にしたほうが、後々にわたっての手続き関係がスッキリするんじゃないですか。おたくには、融資を申請するときの保証人になってもらって、そのぶん便宜をはかるという覚え書きを作るということで、問題ないと思いますがねえ」

「便宜というのは、あまり感じのよくない言い方だなあ。本来、日向子にも半分は権利があることなんですよ。今から放棄を迫るなんて、乱暴が過ぎるんじゃないですか」

一輝が気色ばむ。

「迫ってませんよ。提案してるだけです」

「それなら、まず、その提案を取り下げてもらいたいですね」

一輝が重々しく言うと、杉原はしらっと笑った。

「選択肢のひとつとして、残しておいてもいいでしょう。冷静に考えてくださいよ。こっちだって、思いつきで言ってるわけじゃないんだ。この程度の資産なら、跡を継がない血縁者が相続放棄をするのが普通なんですから。それにこっちは、上物と合わせたら、そう安くはない固定資産税を生涯背負うということも考慮してもらわないと」

夫同士が対立したら、もはや冷静な人間は一人もいなくなる。冷え冷えと凍り付きそうな場の空気を、亜希子の噴火が打ち砕いた。

「もう！　こんなんじゃ、何年経っても先に進まないじゃない。ヒナ姉ちゃんは、お父さんたちが元気なうちに自分の夢が実現するところを見せてあげたいと思わないの？」

そんな言い方、ないじゃないか。

望みを叶えてやりたい。その気持ちは山々だ。だが、なぜか「どうぞ、どうぞ」と態度を変えることができないのだ。

亜希子の側も、譲る態度を見せなければ。これじゃ、やられっぱなしじゃないか。その怒りが解けない。

もつれた感情の糸はほぐそうとする手垢で汚れるばかりで、なんだか心まで汚れていくような気がする。

両親は、姉妹の対立ストレスに音を上げている。みんなで仲良くやりたい。それなのに、なんで喧嘩になるんだ。母は泣き出し、父は黙り込む。毎度、この繰り返しだ。

「家族の中で争いが起きると、逃げ場がないのよね。もう、あり地獄にはまってる感じ。いっそ、彗星かなんかがぶつかって地球が滅亡しちゃえばいいとか、思っちゃう」

スマイル・スマイルの仲間に話し終えると、日向子の口からため息の代わりに含み笑いが出た。

「人生って、めんどくさいわねえ」

渚左も笑った。二人とも、苦笑いだ。でも、笑った。

一人でいると、笑わなくなる。なぜか、政江の言葉が脳裏をよぎった。

厄介な荷物

1

夫という存在は、どうして年をとるとほとんど全員、厄介者と化すのだろうか。

好きだから結婚したのに、好きではなくなるのだ。ああ、悲しい。

考えてみれば、彼という人物のすべてが好きだったわけではない。あんなところやこんなところが好き、というだけだったのだ。

しかし出会った頃は、あんなところやこんなところへの愛着が大きくて、七難隠してしまった。なんといっても、この自分を愛しているというのが、めでたかった。結婚という褒美をくれてやるにふさわしいと思った。

しかし、なんということだろう。年をとってくると、好ましかったあんなところやこんなところが、憎らしくなってくるのだ。

ああ、若くて何もわかってなかった自分が厭《いと》わしい――。


と、木内は歯ぎしりする。

そもそも木内は、結婚する気はなかったそうだ。四捨五入するともはや六十になる五十代後半（と微妙に年をごまかす）である彼女は、世代的にはフェミニズム運動が盛んな頃、二十代のうら若き乙女だった。

結婚だけが女の生きる道ではない。そもそも現行の結婚制度は女を家庭に閉じ込め、「主人」に隷属するだけのセックス付き家事労働者に貶《おとし》めるものだ。女たちよ、目覚めよ。個としての自分を生きろ――と、フェミニストたちは拳を振り上げた。

しかし、ほとんどの若い女は、やはり結婚を目指した。その中で木内は、結婚願望のない個として生きる女だった、らしい。

木内はとある地方都市で家電量販店の販売員をしていたが、接客のうまさで出世し、二十八歳で炊飯器や洗濯機といったいわゆる白もの家電売り場のフロア長に抜擢《ばってき》された。友達はどんどん結婚していくが、彼女自身は仕事が面白いのでどっちでもよかった。

それなのに、ああ、それなのに、狐に包まれて、結婚してしまったのだ！

一生の不覚!!

「ちょっと、待って」と、渚左が木内の一人語りを止めた。

この春から始まった木内の夫に関する愚痴には、みんなうんざりしていた。しかし、聞き流してしまうから、おさまらないのだ。一度、ちゃんと聞いてやろうと衆議一決し、ティータイムを「木内に言いたいことを全部言わせる会」としたのだったが。

「今、なんて言った？」

木内は、渚左と同じく「？」を顔に浮かべた日向子と蒲田にも、ずずいっと視線を当て、ゆっくり反復した。

「狐に包まれた」

「わかった」

蒲田が指を鳴らした。

「フォックスのコート、買ってもらったんだ」

「違います」

木内は首を振った。

「そんなものにつられるわけないでしょ」

「狐に包み込まれるほど囲まれて怖かったときに、助けてくれた？」

これは日向子の考えである。

「そんな状況、あるわけないでしょ。わたしは野ねずみじゃないんだから」

木内はまたしても、じれったそうに否定した。

「もったいぶらないで、教えてよ」

渚左の要請に従って、真相が語られた。

木内の夫は、家電メーカーの営業マンだった。取引先として、付き合い飲み会の場で何度か同席しているうちに、向こうが木内に惚れ、木内もそれにほだされて、個人的付き合いに発展したのだった。

それでも、結婚する気にはなれなかった。実はプロポーズもされたのだが、「ごめん。その気になれない」と断った。すると彼は、「そう言うだろうと思ってた」と、あっさり引き下がった。

この時点で、1ポイント、ゲット。さほど残念そうでもなかった彼の態度に、木内はひそかに傷ついたのだ。

そんなことがあったのに、彼は相変わらず、「初鰹《はつがつお》、食いに行かない？」「牡蠣《かき》がうまい季節になったよ」と、折りに触れて木内を誘った。魚介類好きが共通点だったのだ。

そして、しめ鯖《さば》を食べているときに、彼が車で出張したときの冒険談を語った。

東北の山中を走っているとき道に迷い、奇妙な体験をした。晴れていたのに、にわかに曇り空になり、どこをどう走っても、同じところに戻ってきてしまうのだそうだ。

「地図見て走ってるのにさ。天気悪くて暗かったけど、それにしても不思議だったなあ。

そんなことしてるうちに晴れてきてね。そしたら、すぐに国道に出たんだよ。ほんと、狐に包まれるって、こういうことかと思ったよ」

無論、木内は間違いにすぐ気付いた。

「それ、狐につゝつまれるじゃなくて、つゝまゝれるっていうのよ」

「え？　ほんと」

「そうよ。狐に鼻をつままれる、つまり、狐にばかされたみたいに、わけがわからなくてぽかんとしちゃうという意味」

「へえ、そうなんだ。僕はずっと、狐につつまれるだと思ってた」

「へんじゃない、狐に包まれるなんて。それこそ、意味がわからない」

「狐にばかされて、風呂敷かなんかで包まれちゃう。そういう昔話があるんだと思ってた」

それを聞いて、木内は涙が出るほど笑った。妙に辻褄の合う間違いぶりもおかしかったが、間違いを指摘されても悪びれず、けろりとして一緒に笑う彼が可愛くて仕方なかった。

そして、思った。こんなのどかな男となら、結婚しても楽しいかもしれない——。

「今思うと、わたしも心の底で結婚、焦ってたのかもしれない」

狐に包まれる説に笑い転げる日向子たちを見ながら、木内は苦笑いと共に言った。

とにかく、それがきっかけで棚上げになっていた彼からのプロポーズを受けた木内は、結婚後も仕事を続けたが、夫の転勤で辞めざるを得なかった。そして、転勤のたびにどこかでパートをする形で働く主婦を続けていたのだった。

しかし、夫の定年が見えてきた五年前あたりから、夫嫌いが始まった。

のどかな性格は変わらない。変わらないことに、年を経た木内はムカつくのだ。

のどかというのは、社会的には無能ということだ。彼は熊と相撲をとらない金太郎、鬼退治に行かない桃太郎、立派な侍になるための旅に出ない一寸法師《いっすんぼうし》なのである。

それでも、サラリーマンとして働いていた頃は、まだよかった。子供がいないぶん、夏休みや正月休みには二人で海外旅行をしたり、それぞれ趣味に打ち込んだり、それなりに楽しんだ。木内に言わせれば、ごまかしがきいていたのだ。

しかし、今年の春、ついに定年生活が始まった。夫は毎日、家にいる。それが、たまらない。

「それ、定年後の妻がみんなかかる、旦那在宅ストレスっていう一過性の病気よ」

経験者の蒲田が言った。蒲田の夫は彼女より八歳年上なので、とっくに定年生活に入っている。

「旦那って、妻が面倒見てくれるのが当たり前だと思ってるからね。いい奥さんほど、旦那の機嫌とるのが習い性になってるから、一日家にいるってことは、四六時中、無意識にご機嫌伺いしてるわけよ。それは、疲れる。それなのに、向こうはそれに気付かないから、余計に腹立つのよ」

「それだけじゃないのよ」

木内は苦々しげに、蒲田の評論家然とした解説をはね返した。

「これ、言わないつもりだったんだけどね」

それは、妊娠問題だった。

結婚する気がなかった、ということは、子供を産むつもりもなかった木内だが、双方の親が孫の誕生を期待した。しかし、結婚後三年経っても兆しもない。

不妊治療を勧めたのは、夫の親だった。押しつけがましくはなかったが、「やってみたら」と提案されたら、嫁としてノーは言えない。木内にも古い女の部分が残っていた。

しかし、夫が検査を嫌がった。「僕には、なんの問題もない」と言い張った。そして、妊娠させた過去がある、みたいなことを匂わせた。つまり、不妊の原因は木内にあると。

実は、木内にも妊娠中絶の過去があった。だから、木内も妊娠しない原因は夫にあると思っていたのだ。

「あー、それって」

渚左が、木内の思い出語りに割って入った。

「原因は向こうの可能性、大ねえ」

「でしょ？」

木内は憤懣やるかたないという思い入れで、きつく眉をひそめた。

「どうして？」

日向子が訊くと、三人の女が驚いた顔で日向子を見た。

「妊娠したかどうか、わかるのは女だけじゃない」

蒲田に言われて、ようやく納得。この年になっても、こういう話がぴんと来ない自分の奥手ぶりに恥じ入った。

「じゃ、つまり、旦那さんは……」

「多分、付き合ってた女にだまされて、手術費とかなんとかいって、お金とられたのよ。だましやすい男だからねえ」

木内が言うと、渚左は「そりゃ、のどかだわ」と受けた。そこで、思わず全員がどっと笑った。

「ごめん」

渚左がみんなを代表して謝ったが、笑いは止まらない。木内も苦笑いで首を振った。

「笑われて、当然よ。でも、それがわたしにとっては二重の屈辱なわけよ。だって、不妊の原因は彼にあるって、あっちの親に言えないもの」

「ああ、そりゃ、そうよねえ」

渚左を筆頭に、みんな頷いた。妊娠中絶の過去は、公表したくはないだろう。とくに、夫の家族には。

そんな木内の苦渋をよそに、夫は自分の親に自らの能力のほどを話したようだ。だから、彼らは木内に治療を迫り、それでも妊娠しないのは彼女の欠陥だと決めつけた（そこまで強い表現ではなかったようだが、木内にはそう感じられたのだ）。

子供がいなくても、いいよね。

不妊治療はしたくないと木内が断ったとき、彼はあっさり受け入れて、そう言った。

しかし、木内の夫への強い不信感は、このとき種がまかれたのだった。

この男は、誰かが強く主張したら、すぐに引くのだ。納得したからではなく、争うのがめんどくさいから。問題と正面から向き合うのが、イヤだから。

だから、結婚生活のすべてにおいて、つまりは人生の主だった局面で起きる問題は妻に押しつけられる。

彼の受け持ちは、会社の仕事だけ。マンションの自治会付き合いや冠婚葬祭、はては親の介護まで、生活に関わる用件の実作業を担うのは妻だ。

子供がいないから、父親の役割もない。ずっと、いつまでも、夫という名の子供のまんま！

子供がいても旦那は手がかかると、蒲田が反論したが、木内は聞き入れない。木内は今は亡き自分の父を愛しており、親にならない男は半人前だと思い込んでいるのだ。子供のままの僕。それでいいと自己を肯定し、満足しきっている男。毎日、朝から晩まで顔をつきあわせるようになると、夫の欠点ばかりがふくらんで見えてくる。

この男は自分勝手だ。そう思うと、胸の底にあった不妊事件における彼の態度への怒りが、そのとき味わった屈辱が、生々しく蘇ってきた。

この男は、自分を肯定するために、わたしを踏みつけにしたのだ！

セックスはとうの昔になくなっているが、こんな男の下着を洗い、食事を作り、要請に従ってお茶をいれ、出かける支度をし、帰ってきたら「お帰りなさい」と言ってやるなんて、もう、イヤ！

残り少ない人生を、厄介者でしかない男のためにすり減らすなんて、冗談じゃない！

一度、はっきり「イヤ」という言葉を口に出したら、もう歯止めがきかなくなった。積もり積もった恨みが、どっと噴き出してきた。

ああ、全部覚えている。不妊事件だけではない。あの男が自分を傷つけたあのこと、このこと。何年経っても、覚えている！——

一気に語り終えた木内は、肩で息をした。

「あー、すっきりした」

野太い声で言うと、ニッコリ笑った。

「ありがとう、聞いてくれて」

三人の仲間はたじたじとなりながら、弱い笑いを返した。その後で、こそこそ感想を語り合った。

「なんか、怖いわねえ」

渚左が呟くと、蒲田がキッと言い返した。

「旦那が定年でいつも家にいるのと更年期が重なるから、みんな、ああなるのよ。旦那が目障りでしょうがない。この苦しさだけは、結婚してない人にどうこう言われたくない」

しかし、日向子は渚左のほうに同感した。

日向子だって、一輝に傷つけられた事柄については、ほとんど全部記憶している。でも、こんなに強く憎む気にはなれない。木内は激し過ぎる。


と思っていたのが、一週間前。

夫が、わたしの人生をめんどくさくする。こんな厄介者、大嫌い。

日向子にも、そう思わざるを得ない事件が起きた。

一輝がある夕食後、二人だけになったダイニングテーブルで、突然、言ったのだ。

「あの話、一区切りついたから」

「一区切り？」

どういうことよ。

2

かれこれ五ヵ月近く、日向子を悩ませた実家のゲストハウスを巡るゴタゴタを、一輝が一区切りつけてきたと言う。

すなわち、ゲストハウスは亜希子側の申し出通り、杉原と実家の父の共同運営ということで計画を進める。ただし、土地の名義は父のままにしておく。そして、父の死後、土地は姉妹の共同名義に書き換える。

つまり、日向子には実家の土地の半分を受け継ぐ権利が保証されるわけだ。

「これが一番いい着地点だと思うよ。きみはそもそも、ゲストハウスにする話自体、反対だったろう。僕も、お義父さんたちの気持ちはわかるが、リスクのほうが大きいと思う。家族で取り組むっていう杉原さんとは、考え方が違うんだ。だから、ゲストハウスに関しては、うちは一切関与しない。ただ、土地の相続権だけは守る。こうしておけば、勝手に土地を担保にしたり処分されるのを防げるし、固定資産税の分担は圧倒的に安くなる」

一輝は得々としているが、日向子は収まらない。

「でも、それ――」

恨みがましく口ごもる日向子の反応を予期していたのか、一輝はおっかぶせるようにすらすらしゃべった。

「資産といえば土地だから、それを相続する取り決めがあれば、あとは文句なしだ。あんな不愉快で意味のない話し合いを、これ以上続けずにすむ。こんなシンプルな解決方法はないのに、亜希ちゃんが相続放棄なんて言い出すから、騒ぎが大きくなったんだ。あれは撤回させると、杉原さんが約束した」

杉原は一輝より年上だ。そのせいか、一輝はいつまで経っても名前ではなく、「杉原さん」と敬称付きで呼ぶ。それだけ、距離を置いているとも言えるが、この場合、日向子には位負けしているように聞こえて、腹立たしい。

日向子とて、一秒でも早くこの膠着《こうちゃく》状態から抜け出したいと思っていた。しかし、それはこんな形でではない。

「でも、なんで、それをわたしに黙って決めたの？」

問題は、そこだ。

「亜希ちゃんにも黙って、男二人だけで話そうって、杉原さんが言ったんだよ」

一輝は、やや後ろめたそうな目つきで弁解した。

「亜希ちゃんときみがいると、すぐに喧嘩になっちゃうだろ。話が進まないのはそれが原因だというのは、僕も感じてた。だから、二人だけで会って、落ち着いていろいろ話してみた。杉原さんは、リスクは承知のうえだって言ってたよ。でも、息子たちの先行きが心配らしくてね。建設的な夢を与えてやりたいから、亜希ちゃんが言い出したことに賛同したんだそうだ」

「うちだって、子供はいるわ」

「紗恵は女の子だもの」

「女の子だから、建設的な夢を与えてやる必要はないっていうの？」

「だって、どうせ、嫁にいくだろう」

「嫁にいくから、何もしてやらなくていいの」

「土地があるだろう。きみの次の相続権利者は紗恵じゃないか。そういうことも考えて、決めたんだぞ」

　一輝は、うんざりしたように言った。まるで、頭の悪い生徒にさじを投げる家庭教師のようだ。

　まったく、わかってない。問題は、そこじゃないんだってば。

「ほら、わたしに相談せずに決めてるじゃない」

「きみはそうやって、すぐ感情的になるから、冷静な話し合いができないんじゃないか」

　一輝は唇をとがらせて、子供っぽく抗弁した。

「だって、わたしの実家のことよ。それを、わたし抜きで決めるなんて」

「まだ、完全に決まっちゃいないよ。杉原さんと二人で妥協点を見つけただけだ」

一輝は苛立ちを隠さず、開き直った。

「きみに、この話を前進させる案があるんなら、言ってみろよ。それで、検討し直すことだってできるんだから」

挑むように上から言われ、悔しくて頭が爆発しそうだ。

けれど、日向子は返事ができなかった。

正直なところ、具体的な対案も要望も、ない。ただ、亜希子一家と両親が一体となり、自分が疎外されていくのがイヤなのだ。

確かに、感情的になっている。しかし、感情の問題が解決されなければ、前に進むことなどできない。

亜希子が、もっと下手に出てくれていたら、あるいは、誰かが日向子のこの「実家から引き離されていく孤立感」を理解してくれたら、すんなり納得することができるのに。

せめて、この案を一輝が一人で先に思いつき、日向子に話してくれたら。そして、家族会議でその解決案を口にする役目を、日向子にさせてくれたら。

両親も亜希子も目に涙を浮かべ、「ありがとう」と言っただろう。その感謝が、日向子の寂しさを癒やす薬になったはずだ。

一輝は、日向子の気持ちの落としどころを奪ったのだ。自分には、それだけのことをする権利があると言わんばかりに。

　勝手すぎる！

　この時点で、日向子の怒りはすべて、一輝に向かった。こうなったら、闘う相手は一輝だ。

「政江さんの希望は、どうするの。一切関与しないのなら、入居もさせられないでしょう？　政江さん、すっかり、その気よ。この間、もう寂しいのはイヤだって、泣いてたわ」

　言い出したら聞かないわがままな母親を、あなたはどうする気？

　日向子はジョーカーを出したつもりで勝ち誇ったが、あさはかだった。一輝は待ってましたとばかり、即座に切り返した。

「その件だけど、要はマンションでの一人暮らしはもうイヤだってことだろうから、同居を早めようと思ってる」

　日向子はもはや、言葉もない。「思ってる」って、なによ。口に出さなくても、目から怒りの炎が噴き出した。一輝はたじたじとなった。

「いや、もちろん、きみに相談してからのことだよ。というか、今、相談してるんだが」

「そんなの、無理よ！　第一、部屋がないじゃない。それに、紗恵はこれから受験だから、勉強に集中できる静かな環境が必要なのよ！」

日向子はもはや、全面的に金切り声である。その勢いにたじろぎながらも、一輝は引かない。

「だから、ここを売って、一軒家に引っ越そうと思ってる」

「どこにそんなお金があるのよ。売るったって、買ったときの値段よりずっと安くなるのよ。まだローンだって、残ってるし」

「金は、おふくろが持ってる」

「……」

そのことは、日向子も知っている。一輝たちが育った家屋と土地の売却金は、まるまる政江の懐に入っているのだ。

政江が今住んでいるマンションは、賃貸だ。娘の孝美が別のフロアにいることと、およそ三千万円の預金残高が保証になって、家賃十八万円の二DKで優雅な一人暮らしをしているのだった。

しかし、なにしろ「惨めったらしいのはイヤ」な人なので、金使いが荒い。

「あのままほっとくと、いくら使うかわからないから、金の管理は僕たちに任せるという風にできないかと、姉貴と話してたんだ。二世帯同居の家を買う資金にするといえば、すんなり出すと思う」

一軒家を買い、そこで日向子が政江と暮らす、つまり、面倒を見ることになれば、当然、その家はいずれ日向子のものになる（日向子は、一輝の方が先に死ぬと決めている）。それを思うと、攻撃の切っ先が鈍る。

同居はイヤだが、その果てにあるご褒美を思えば……。

蒲田も言っていたではないか。介護はつらいがその先に、人生最高の春が待っていると。

短い間に、そこまでの思惑が去来した。つまりは、その種の思惑が常に頭の隅にあるということだが、これくらいの計算は、女なら誰でもしている。

男はその場しのぎで生きているが、女は周到だ。常に先行きを思い、不安と闘っているのだ。男どもは女の占い好きをバカにするが、心の備えがないばっかりに憂いに負けて簡単に折れてしまうのは、いつも男じゃないか。

同居を条件に一軒家に住み替えて、政江名義の預金を全額、一輝と日向子が管理するというのなら、それでもいいかも……。

なのだが、何か、引っかかる。日向子はとりあえず、小さくジャブを繰り出した。

「でも、紗恵がなんて言うか」

「紗恵は賛成だよ。おばあちゃんは好きだし、二階建ての庭付き一軒家なら、マンションより距離感が保てるから平気だって」

ほら、まただ。引っかかるのは、これだ。

「いつ、そんな話したの」

「ついこの間だよ。同居のことはずっと考えてたから、ちょっと訊いてみたんだ」

「わたしのいないときに？」

「たまたまだよ」

一輝の眼差しが笑いを含む。

日向子に対して、紗恵は相変わらず無愛想だ。「おはよう」や「行ってきます」さえ、日向子が催促しなければ言わない。「ただいま」も言わないから、いつ帰ってきたのかもわからない。会話らしい会話なんか、ないも同然だ。それなのに、父親とは話しているのか。

一輝の表情は、それを知っていて自慢しているようだ。

悔しくて黙り込んだ日向子に、優勢を察知した一輝が追い打ちをかけた。

「それに、いつかは同居するつもりだというのは、言ってあるだろう」

「そうだけど」

了解したわけではない。まあ、「イヤだ」というはっきりした意思表示もしてないが。だって、そんなの、もっと先だと思ってた。早くとも、紗恵が社会人になってから。だから、十年は先の話。それが普通でしょう？

大体、まだピンピンしてるのに、寂しいから、みたいな甘ったれた理由で同居を強いるなんて、あんまりよ！

ゲストハウスは亜希子の思い通りにさせ、日向子は一軒家に引っ越して政江と同居する。てことは、実家と完璧に引き離されて、わたしは完全に夫と姑に仕える河埜の嫁にされるんだ……。

被害者めいた意識が、日向子の中で盛り上がった。

一輝と話していて、どうしても拭えないイヤな感じの源は、やはりこれだ。

日向子にひと言の相談もなく、一輝が全部、決めた。家族全体の問題とはいえ、日向子の人生なのに！

なんで、そこまで自分勝手なの⁉

なんで、ひと言「どう思う？」と訊かないの⁉

わたしの気持ちを少しでも考えてくれたら、こんな乱暴なやり方はできないはずよ。

次から次に湧き出す文句をひっくるめて、ようやくひと言、抗議した。

「一人で全部決めるなんて、ひどい」

「だからあ」

一輝は生意気にも、苛立ちをあらわに語尾を伸ばした。

「まだ、決めたわけじゃないだろ。こうやって、相談してるじゃないか」

「相談の段階じゃないでしょう。決めてるじゃない。実家のことはともかく、政江さんと同居する件は、わたしに負担がかかることなのよ。せめて、悪いけど頼む、くらい、言っ

ちを察してよ。


てよ」

「そんな、おまえ」

一輝は失笑した。

そんなこと、言えるかよ。そう思ってるのね。

日向子の怒りは、頂点に達した。

笑うなんて、最低。わたしは怒ってるんだから、真面目に向き合ってよ。わたしの気持ちを察してよ。

そう訴える代わりに、日向子は黙って家を出た。

飛び出したわけではない。コートを羽織り、携帯が入ったショルダーバッグをひっかけ、ブーツを履くという手順をきちんと踏んだ。

一輝は玄関口まで来て、「こんな時間に、どこ行くんだよ」とぶすりと訊いた。

「どこに行こうと、勝手でしょ」

言ったあとで、お決まりの台詞を吐いてしまったことが、ちょっと恥ずかしかった。しかし、これより他に、今の気持ちにピッタリの言い回しはないのだ。

「いいけど、携帯の電源は切るなよ」

日向子は思わず、苦笑した。

「それも、わたしの勝手だと思うけど」

自室のドア陰から、紗恵が様子をうかがっているのがチラリと視野に入った。

母親だって、いつまでも我慢してるわけじゃないのよ。意地を見せるときはあるんだからね。

なぜか、挑戦的になった。

一輝は困惑して、頭をかいている。

「じゃ」と言いそうになるのをこらえ、無言で外に出た。

行くあてなんか、ない。ただ、外に出たかった。じっとしていられなかった。

グイグイ歩きながら、頭を巡るのは一輝への呪詛《じゅそ》だ。

裸足で玄関口に立った、あの間抜け面ったら。男二人で着地点を見つけたなんて、えらそうな顔したけど、全部あっちの言いなりだったに違いないのよ（と、日向子の中では決定した）。

圧力に負けたようなもんじゃないか。大体、ゲストハウス問題だって、杉原の外では弱く、家に帰ると威張る。内弁慶の典型。なのに、あの弱腰を若くて愚かなわたしは「優しさ」と読み違えて、結婚したのだ。

ああ、悔やんでも悔やみきれない。昔のわたしのバカ！

3

夫婦喧嘩の末に家を飛び出した主婦は、どこへ行く？

愛人の元へ駆け込む。いいなあ、それ。でも、日向子には愛人がいない。

一人でホテルに泊まる。ダメよ、そんな、もったいない。

もっとも古典的なのは、「実家に帰らせていただきます！」だが、生憎《あいにく》、今の日向子には実家の敷居が最も高い。

ならば、選択肢はただひとつ。女友達のところだ。それも、シングルがいい。夫への怒りを共有できるのは主婦友だが、ただいま現在喧嘩しているわけではない夫婦のもとに、家出妻として逃げ込むのはきまりが悪い。

主婦はできるだけ、こういうときのため、シングルの女友達を確保しておきましょう。

日向子の場合は渚左である。渚左は、こっちがしおれた声で「今晩、泊めて」と言うだけで、何も聞かずにオーケーしてくれる男前だ。今回も日向子が電話で泣きを入れたら、「うち、汚いよ」なる注釈付きで、即オーケーしてくれた。

汚いというのは、猫を三匹飼っているからだ。マンションの玄関を入っただけで、猫トイレの匂いがするし、廊下にもリビングにも猫じゃらしが転がっている。そこはかとなくフワフワした毛が舞っていたりもするのだが、猫本体は隠れて見えない。

「わたしも、あと二、三匹、猫飼おうかな」

日向子はコートを脱ぎながら、言った。

「ペットがいれば、旦那なんか要らないよね。手をかけたぶん、癒しもくれるもの」

「猫屋敷ばばあになるっていうのも、怖いけどね」

渚左は、直接床に座り込んだ日向子にワインを振る舞い、「で、どしたの」と単刀直入に問いかけた。日向子は堰《せき》を切ったように、顚末を話した。

「木内さんの夫アレルギーを行き過ぎだと思ってたけど、今はわかるわ。わたしが鈍かったんだ」

鼻息荒く話を締めくくって、ようやく赤ワインをあおった。渚左が空いたグラスを再び満たしつつ、言った。

「わたしは、奥さんやってる人はみんなえらいと、昔から思ってたよ」

「でしょう？　えらいよね？　それを一番認めるべき旦那が、一番わかってないのよ」

日向子は勢い込んだ。そうそう、こういうことを言ってくれるから、女友達は最高なのだ。

「でも、客観的に見ると、ゲストハウスに関しては旦那さんの提案が一番現実的だと、わたしも思う」

渚左は、さらりと言った。忘れていた。渚左は「客観的に見て」、差し出口をしたがる女なのだった。

「同居問題も、お義母さんの預金をおたくの夫婦が管理するのを条件にするなら、いい話だと思うけどなあ」

「うーん」

そこを突かれると、日向子も抗弁しにくい。政江の預金は、すごい魅力だ。無論、それには孝美もからんでくるのだが、彼女は母親との同居を嫌がっている。日向子たちが持参金付きなら政江を引き取ると言えば、ぐうの音も出ないはず。

それでも、やはり、日向子は納得できない。

「夫婦って、助け合うものでしょ。それなのに、わたしが精神的に一番きついときに、旦那が助けてくれるどころか、自分の都合ばっかり押しつけてきたのよ。これから先、ずっとこういうことが続くんだと思うと、たまんないよ」

日向子はふくれっ面で訴えた。しかし渚左は、同情なんかしてくれないのだ。

「わたしは、おたくの旦那がとくにひどいと思わないけどな。結婚って、お互いに譲歩したり妥協したりしなきゃいけないことの連続でしょ。だから、わたしはしなかった。わたしは、譲れない性格だからね」

スパスパと、まさに客観的意見が放たれる。正論だ。あまりにも、正しい。何も言い返せない日向子は、ひねくれた。

「渚左は若いときから自分のことわかってて、えらいよ。わたしは、結婚しなくちゃ女として威張れない、みたいなプレッシャーに負けたバカ女だった。気がついたら、二十八でさ」


そうなのだ。今日に至る結婚生活の出発点は、プレッシャーだった。

日向子の世代は、女子高生のときも女子大生のときもOLになっても、若いというだけで社会全体から甘やかされた。日向子も、おしゃれをして、おいしいものを食べて、合コンしては男たちにチヤホヤされ、浮かれているうちに二十八歳の誕生日を迎えたのだった。そこで初めて、愕然《がくぜん》とした。時が流れると、状況は一変するのだ！

女の子として甘やかされる時期は、過ぎた。世間は手の平を返し、「女の子」としての賞味期限切れを宣告している。

少なくとも、日向子はそう感じた。

女の子を卒業したら、なるべきものは何か？　渚左のような仕事への意欲などまったくない日向子の場合、それは「主婦」だった。

それなのに、このままじゃ、主婦にもなれない！

うかうかしていたぶん、気付いたときのショックは大きかった。日向子はあっという間に、土俵際に追い詰められた。

お付き合い経験はそこそこあり、結婚願望も強かったのに未婚なのは、恋愛ゲームに夢中になるだけで、ボーイフレンドたちを「夫適性度」の角度から見、選び、攻め落とさなかったからだと、二十八歳の日向子は悔やんだ。

しかし、過ぎたことは過ぎたことだ。今度こそ、意欲の塊になった日向子は、恥も外聞もなく女友達に紹介を頼んだ。そして、友達の夫の紹介で一輝と出会った。日向子はいうなれば、婚活成功者なのである。

その経験から日向子は、結婚というのはその気になった者同士が出会わないとできない、と確信している。恋愛なんかに期待できないのだ。婚活中の若い子たち、頑張ってね。

一輝は外見的にはごく普通、つまりマイナス点が特にないという意味で合格だった。そこで日向子は、会話に気合いを入れた。最初に訊くのは、仕事のことだ。

一輝は当初、小さなふりかけメーカーに勤めていることを恥じていた。しかし、日向子がそのふりかけの愛用者だと知ると、顔を輝かせた。そして、ふりかけ話で盛り上がった。

恥ずかしがってはいたが、一輝は自社製品を愛していた。その証拠に、ふりかけに関する知識がものすごかった。熱心に語る様子が、すごく可愛く思えた。

仕事が好きなのね。これって、最高じゃない？　結婚するなら、こういう男でないと。稼ぎのないやつは、いくら可愛くても、却下。

と、けっこう冷静に見ているつもりだったが、本音を言えば、一輝が自分に好意を持ってくれるのか、不安で仕方なかった。だから、デートに誘われたときは、天にも昇る思い。そして、ほどなくプロポーズ。

やったー!!

「で、結婚したわけだ」

黙って話を聞いていた渚左が、そこでようやく、合いの手を入れた。

「そうなのよ。ただただ、結婚したかった。結婚生活がどういうものかなんて、少しも考えなかった。文字通り、ゴールインが目的だっただけ」

すぐに紗恵が生まれ、家事と育児で手一杯。バタバタ過ごして、あっという間に十五年。

「喧嘩は何回もしたけど、いちいちこだわってる暇がなかったんだな。それで、流され、流され、家族をいい気にさせちゃったのかもしれない。旦那も子供も、わたしの大変さに一ミリも気がつかないんだもの」

日向子は自虐的に苦笑した。主婦仲間なら、ここで「ほんとよね。主婦ってみんな、王子様のいないシンデレラなのよね」とか同情してくれる。だが、渚左は違うのだ。

「それはしょうがないよ。家族の世話を焼くのが主婦の役目だもの」

あぐらをかいてイカクンを食いつつ、あっさり言い放つ。

「だからって、感謝しなくていいってことは、ないでしょう。ほんっと、渚左の言うことって、まるで男ね」

「わたし、見た目はゴージャスな大人の女だけど、中味はおじさんよ。それは、認める」

渚左は平気で開き直った。

「それはそれとして、わたしだって子供のとき、母親というのは家族のために生きる人だと思ってた。だからこそ、すごく大事に思ってたわよ。誰よりも好きなのは、お母さんだった。日向子だって、ちゃんと大切に思われてるわよ」

そんなの、当たり前じゃない。日向子は焦れた。内面オヤジの渚左とは、話が平行線のままだ。

「だから、そういうことじゃないのよ。わたしが怒ってるのは、わたしにとって大事なことを、旦那が勝手に決めたってことなの!!」

「そりゃ、旦那が前もって相談しないのはよくないと思う。でも、それは日向子が今まで自分では重大なことを何も決めてこなかったからじゃないの？　そういう習慣があるから、旦那が決めちゃったんじゃないの？」

ほら、自立する女はこういう、人を見下したこと言うのよね。何もわかってないくせに。

日向子は戦闘モードになった。

「そんなこと、ないわよ。家のことは、わたしが決めてきたわ。紗恵の進学のことだって、そうよ。大体、お財布握ってるのは、わたしなのよ。わたしがオーケー出さなきゃ、お金が出ないんだから」

そうだった。最終決定権は、日向子にあった。ところが、今回は違う。一輝は生意気にも、日向子を無視したのだ！

思い出し怒りに震える日向子をよそに、渚左はポテトチップスの袋をバリバリ開けて、中味を床にぶちまけたりしている。他人事なのだ。そりゃそうだろうが、耳を傾ける振りだけでもしてほしい。

日向子は思わず、渚左を睨んだ。すると、渚左が挑むように訊いた。

「で、こうして家出までして、日向子はどうしたいわけ？」

「それは、もっとちゃんと、話し合ってほしいっていうか……」

「ていうか、日向子の言うことを聞けってことでしょう」

渚左はちゃっちゃっと、日向子の行動を分析した。とても嬉しそうだ。

「たとえば、木内っちは旦那との関係修復をする気はないけど、離婚したら損だから、離婚せず別居を認めさせる方向で動いてるんだって。こっちに経済力があれば大きな顔で別居できるから、自分でネット通販のビジネス始めるつもりで勉強してるのよ。でも、日向子は一輝さんに怒ってるだけで、別居なんて考えてないでしょ」

「それは、わたしは木内さんみたいに強くないし、甲斐性なしだから」

今度は本気でへこたれた。

そうだよな。わたしって、あそこに帰っていくしかないのよね。結局は折れて、一輝の言う通りにするのよ。情けなくて、泣けてくる。あ、ほんとに涙が出ちゃった。

「洟かみなさい、幸福な主婦よ」

渚左がティッシュボックスを投げてよこした。

「そういうバカにした言い方、やめてよ。腹立つわねえ」

受け取りながら、日向子は文句を言った。

「バカにしてないってば。主婦はえらいと思ってるって言ったでしょ。わたし、おじさんだから、主婦には頭が上がらないんだから」

言うことは殊勝だが、態度は真反対。なによ、えらそうに。ほら、またしても「客観的に見て」のご意見を、得々と述べるではないか。日向子は、悔しくてたまらない。

「木内っちは旦那をお荷物扱いしてるけど、わたしはお互い様だと思う。旦那は彼女のしたいようにさせてるでしょ。離婚がめんどくさいというだけにしろ、別れきれないんだから、あれもまた夫婦のひとつの形なんじゃないかと思うな。お荷物ってことなら、どっちもどっちよ。日向子だって、一輝さんと別れたいわけじゃないでしょ」

「……」

「日向子の言い分を認めて、引き下がってほしいんでしょ？」

図星なのに、素直に頷けないのは、なぜだろう。日向子は頑固に唇をきつく結び、目尻を拭いた。鼻の下も目尻も、濡れる拭き取るの繰り返しでヒリヒリする。

「それ、やっぱり、甘えだよ。旦那に甘えてるのよ。ゲストハウスのことだって、どうしたいのか、別に何も案はないって言ってたじゃない。亜希子ちゃんのやり方が気に入らないだけでしょう。日向子は、みんなに謝ってほしいのよ。それだけのことなんじゃないの？」

当たってる。三十パーセントくらい。いや、八十パーセントかも。だけど、あんたに言われたくない。調子に乗るな！

そう叫ぶ代わりに、日向子は渚左にティッシュボックスを投げつけた。

よりどころは家族しかない。それなのに、その家族に疎外される、この感じ。複雑で、込み入ってて、とても一口では説明できないのがもどかしい。

いろんな事が積み重なって、わたしの肩にのしかかってるのよ。家族のいないシングル女に、しがらみだらけの中でもがく主婦の悩みを断罪されたくない！

怒りに燃える日向子の耳に、『白鳥の湖』のメロディーが響いた。携帯電話の着メロだ。日向子は、携帯がバッグの中でメランコリックな『白鳥の湖』を十五秒間歌い続けるままにした。

「いいの？」

渚左が訊いた。

「うん」

多分、一輝だろう。どこにいるんだ。いい加減にして、帰ってこい。そう言うつもりだろう。いや、待てよ。帰ってこいよ、もう一度、よく話し合おう、かもしれない。どっちにしろ、その心は、頼む、帰ってきてくれ、俺が悪かった、である。

夫なる者の声なき声が、妻にはわかる。

そこまで考えて、日向子はほくそ笑んだ。これぞ、シングル女にはわからない妻の境地。ざまみろ。

世界で一番しょうがない人

1

携帯の着信音は、十五秒鳴っても取らなかったら自動的に留守電メッセージに切り替わる。

だが、大事な用件の場合、人はのんびりメッセージを吹き込んで終わり、とはしないものだ。本人が出るまで、何度でもかける。一輝も三度はトライするはずだ。

日向子は内心、自分を甘ったれ主婦と決めつけた渚左への敵愾心《てきがいしん》まんまんである。帰りを待つのが猫しかいない女に、一晩たたないうちに旦那からの帰ってきてくれコールがかかるところを、十分見せつけてやるぞ。

二度目が鳴ったら、今度はちょっと間をおいて、おもむろに取る。そのつもりで待ち構えていたのだが、なかなか鳴らない。

なによ、一回出なかったくらいであきらめる気？

憤慨と不安が入り交じり、ソワソワし始めたとき、ようやく『白鳥の湖』が聞こえた。

ほらね。やっぱり、思った通りよ。ふふん。小さな笑みを押し殺して、携帯を耳に当てた。途端に怒鳴り声が飛び込んできた。

「何してるのよ。携帯鳴ったら、すぐに取りなさいよ！」

亜希子だ。しまった。誰からの着信か、チェックするのを忘れた。

「そんなこと言ったって、すぐに出られない状況ってものがあるでしょ！」

亜希子との会話はもはや、最初から金切り声の口喧嘩モードである。

「あ、そう。じゃ、言うけど、おめでとうございます」

嫌みというより、憎しみにあふれた言いようだ。

「なによ、それ」

「ヒナ姉ちゃんの思い通りになったんだもの。めでたいでしょ」

「何がよ」

「とぼけないでよ。さっき、お母さんから電話あったわよ。ゲストハウスの話、やめるって」

日向子は絶句した。

「二人きりの姉妹をいがみ合わせたくないから、お父さんと話し合って決めたって。亜希子たちは協力してくれると言ってくれたのに、本当にごめんなさいって！」

そんな……。

「どう？　これで思い通りでしょ⁉」

「わたしはそんなつもりじゃ……ゲストハウスにすることは認めてたわよ」

「でも、本当は反対なんでしょ。だから、言いがかりつけて、話が進まないようにしてたんでしょ」

言いがかりだなんて、ひどい！

「そうじゃないわよ！」

「だったら、なんなのよ！」

「それは」

返事に詰まった。

ゲストハウス案には、賛成ではない。父がこんなことを思いつかなければよかったのに。

本心では、そう思っている。

こんな争いが起きる前の、年のわりに元気でそれぞれに人生を楽しんでいる両親、そして明朗快活な妹との絆を無邪気に信じていられた頃に戻りたい。

そうなのだ。誰とも争いたくない。ましてや、恨んだり憎んだりするなんて。

それなのに、亜希子は火を噴くような勢いで、こう言った。

「お母さんたちがそう言うんなら、仕方ない。なかったことにする。でも、わたしはヒナ姉ちゃんを許さない。姉妹をいがみ合わせたくないってお母さんは言ったけど、もう無理よ。ヒナ姉ちゃんのこと、どうしても許せない。許せないから、許さない。一生、許さないからね！」

まるでギロチンの刃を落とすように、亜希子は電話を切った。

日向子は思わず、黙ってしまった携帯を見つめた。

わたしのせいなの？　わたしが何もかも、ダメにしたの？

「どうしたの。一輝さん、なんだって？」

渚左が気遣う声をかけてきた。日向子は首を振った。新たな涙があふれた。

渚左が急いで、かたわらに寄り添った。そして、日向子の肩を抱くようにして、ティッシュペーパーを差し出した。

「何か、きついこと言われたのね。でも、一時的なことよ。一晩寝たら落ち着くだろうから、明日帰って、日向子のほうから、ゆっくり話し合おうって言えば」

日向子はまた、首を振った。涙声で、ようやく言った。

「妹からよ。うちの親が、ゲストハウスにするの、やめるって言ってきたって」

「――そうなの」

「わたしの思い通りになっただろうって。でも、わたしのこと、許さないって」

そこまでしか言えなかった。おいおい泣くばかりの日向子に、渚左は次から次へとティッシュペーパーを渡してくれた。

それから、言った。

「それ、どうにもならないの？　親や旦那は許してくれても、きょうだいはいったんこじれたら、修復難しいと思うよ」

そう言えば渚左も、弟からの直営店オープン要請話でごたついていた。きょうだい間のトラブルに心を痛める者同士だ。日向子はしゃくりあげながら、渚左に問いかけた。

「そっちも、こじれてるの？」

「店舗を作るのは悪い話じゃないから、やるわよ」

渚左はあっさり、答えた。

「でも、こじれるはず。弟のプランだから、お金の面なんかは彼に任せるけど、店長はうちのスタッフから出す。あの嫁はどんな形でも参加させない。それで押し切るから」

「うちのスタッフって、それ」

日向子の目顔に、渚左は頷いた。木内を抜擢する気なのだ。

「弟が何か嫌みったらしい態度をとったとしても、木内っちなら負けないもの」

「それは、そうだろうね」

日向子は微笑もうとしたが、無理だった。みんな、強い。さっさと先に進んでる。

「渚左はいいなあ、スパスパ解決策見つけて。わたしはダメだ。どうしたらいいか、わからないよ」

日向子はまたしても、涙の発作に襲われた。

「でも、お父さんたちがゲストハウスをやめるんなら、本当に日向子の思い通りでしょう?」

「そうなんだけど……」

何年後かに、やっぱりやらなくてよかったと思える日が来たとしても、そこまで自分は憎まれ役の立場に耐えきれるだろうか。それに、やっぱりやっておけばよかったと思う可能性だって、あるのだ。そうしたら、日向子は一生、憎まれ役どころか、悪役だ。

そんなの、イヤ。

だって、わたしは、いい人間だもの。家族はもちろん、周囲のみんなとニコニコ笑って付き合える人間でいたいもの。

その本音は口に出せず、ただ日向子は泣き続けた。

すると、また『白鳥の湖』が聞こえた。今度は渚左が素早く取って、渡してくれた。

日向子は鼻声で「はい」と答えた。

「あ、日向子？　わたしだけど」

母だ。しばらく失われていた明るい声で、「あの話ね」と話しかけてくる。

「知ってる」

日向子が先回りした。

「亜希子から、電話があった」

「ああ、あの子、すごく怒ってたでしょ。今度こそ、あんたに先に話すつもりだったけど、携帯にかけても出ないから、都合が悪いのかと思ってね。留守番電話に話すの苦手なもんだから、切ったのよ。そしたら、亜希子から電話が来たもんだから、話の流れでつい、言っちゃったのよ」

では、最初の着信は母からだったのか。ああ、自分の想像がこんなに現実とズレているとは、まったく泣くに泣けない。

「あの子、早口でなんかわめいて電話切っちゃったから、まずいなあと思って、わたしもあわてて、またあんたの携帯にかけたんだけど、やっぱり、あの子のほうが早かったのね。亜希子は昔から、すばしこかったからねえ」

母は冗談めかして笑った。そのことが、日向子には痛い。

「お父さんもお母さんも、本当にそれでいいの？」

「いいのよ。年寄りは年寄りらしく、静かに暮らそうって話し合った」

年寄りは年寄りらしく、自分たちに迷惑をかけないようにおとなしく死ぬのを待っていればいいって、あなたたちは思ってるんでしょ――政江のわめき声が、頭の中にこだまする。

年寄りは、「年寄りらしく」生きたいなんて、思ってないのだ。大体、「年寄りらしく」って、なんなんだ。それは、まだ年寄りになっていない者たちの幻想なんじゃないか。

一連の騒動で、日向子にもそれがわかりかけてきた。

両親は無理をしている。母の明るい声は、自分自身を納得させようとする強がりだ。日向子のせいで、人生最後の夢をあきらめるのだ。そんなこと――。

ダメよと言う代わりに、日向子はむせび泣いた。

「日向子ったら、泣かないでよ。あんたのせいじゃないんだから」

そんな優しい気休め、言わないでよ。罪悪感が三倍増しになるじゃない。

「じゃ、誰のせいなのよ」

「墨田《すみだ》さんのせいよ」

母は即答した。

「誰よ、それ」

「OB会で、お父さんにゲストハウスのこと吹き込んだ人。他人事だと思って、気楽よね」

日向子は何も言えず、メソメソ泣き続けた。

「じゃね。そういうことだから。年寄りはもう寝るから、切るわよ」

「……うん」

母がことさら「年寄り」と言うのが、皮肉に聞こえた。本当に皮肉だったかも。お母さんもわたしのこと、怒ってるんだ。

そう思うと、涙が止まらない。しかし、またしても『白鳥の湖』が鳴るのである。しゃくりあげながら取ると、今度こそ一輝だった。

「今、お義父さんから、うちに電話があった」

「わたしにも、母からあった」

「本当に、これでいいのか」

「ウップ」としか、声が出ない。噴き出した鼻水を、横から渚左が拭いてくれた。

「僕は、日向子の決定に従う。だけど、後味、悪いぞ」

「ウップ」

「今夜はいいから、気がすんだら帰ってこい。ちゃんと話し合おう」

「うん」

携帯を床に投げ出し、日向子は大きなため息をついた。もう、涙は出ない。泣き疲れてしまった。

何も考えられない。思考停止。

ぼーっとしていると、目の前に湯気の立つマグカップが差し出された。ミルクティーが入っている。

渚左が自分のカップを両手にくるんで、日向子の横に座った。

「なんか、大変そうね」

「うん」

実家も妹も夫も、日向子の気持ちに合わせるという。

みんなが日向子に折れる。折り合うのではなく、折れるのだ。

それなのに、勝ち誇れない。追い込まれたのは、日向子のほうだ。

またまた、涙が。渚左がティッシュボックスを日向子に抱かせて、言った。

「差し出がましいけどさ、日向子がご両親や亜希子ちゃんにリスクをおかしてほしくない気持ちはわかるけど、失敗しても支えてあげる、くらいの度量を持つべきなんじゃない?」

つまり、今の日向子には度量がないと言っているのだ。当たっているだけに、腹立たしい。日向子は無表情にミルクティーを飲むことで、不愉快を示した。

だが、黙っていると調子に乗るのが、渚左である。

「うちは元々、仲のよくないきょうだいだから、ビジネスライクに付き合うくらいで、ちょうどいいのよ。会社をやるにあたって、経理担当として適任だったし、向こうも興味を持ったから、タッグを組んだんだけどね。一度は仲良くしようと思ったけど、今回のことで、ああ、やっぱり、こいつとはどうにもならない、血縁だからって、うまくいかないことに罪悪感持つことないんだと思ったわ。過去を振り返っても、喧嘩の思い出しかないんだもの。だけど、日向子と亜希子ちゃんは、いい感じだったじゃない。日向子の性格からすると、禍根を残さないほうがいいと、わたしは思うよ」

「わたしの性格？」

また、わかったような口をきいて。日向子は鼻白んだ。

「性格が甘ったれだから、家族と仲違いしないほうがいいって、ありがたいアドバイスなわけね。家族が何か言い出したら、自分がどう思っても黙って全部受け入れて、そのご褒美に、甘えさせてもらいなさいって、そういうことね。甘ったれは、甘く見られても仕方ないんだ」

渚左は目を見開いた。日向子も、どんどんひねくれていく自分に驚いた。だが、毒とわかっていても、いや、毒だからこそ、吐かずにいられないのだ。

「渚左は、主婦はえらいって簡単に言うけど、本当の大変さ、ちっともわかってない」

「そう言われると、一言もないけどさ。察するくらいはできるわよ。自分一人の気持ちで割り切るわけにいかない。あっちもこっちも立てなきゃいけないってことでしょう。で、結果的に自分を殺す、というか、抑えることになる」

その通り。

しかし、わかるのと、当事者であるのは別物だ。

2

家の財布を妻が握っているのは、日本だけだそうだ。他の国では、家計は稼いだ者の裁量に委《ゆだ》ねられる。だから、日に何度も「愛してるよ」「きれいだよ」とご機嫌をとってもらえなくても、日本では妻こそが一家の権力者なのである。

とか、夫たちや一部のシングル女が主婦の幸せを恨めしげに語るけれど、「家計を預かる」苦労は並大抵ではないのだぞ。

女の子扱いのおごられ飲み食いで浮かれていたときもあったけど、あれは二十代の短い間。

主婦になってからはずっと、「贅沢は敵」の健気な節約生活。家族のことが第一で、自分は二の次だった。服も靴もバーゲン待ちの習慣がついて、「自分にご褒美」なんて、友達との会食くらい。もっと働きたいけど、扶養控除の範囲内におさまるように我慢して、毎月のお金の出入りに神経とがらせて、学資保険に養老年金、入院特約付きの医療保険にがん保険、あれこれ将来の不安に備えるのに懸命な毎日。

宝くじを買っても、一億円当たったら真っ先にしたいことが、住宅ローンの完済よ。現実的で、いじましい。夢を描く能力がなくなってしまった。ああ、思い返せば、なんて可哀想なわたし。

でも、これからは、もっと我慢大会になる。

姑との同居。大人になるにつれ、厄介になっていくに違いない娘との関係（自分がそうだったから、わかる）。年をとるほど、頑固になっていく一方だろう旦那との軋轢。

日向子はいつしか、渚左に口を挟ませない早口で、主婦仲間といつも話し合っている愚痴をまくしたてていた。

「確かにわたしは、甘ったれよ。でもね、今後は甘えてた人たちに、甘えられるようになるのよ。わたしはこの先、そういうことを全部、背負っていくのよ。自分一人のためにだけ生きればいい人に、きいた風なこと、言ってほしくないわ」

叩きつければ、おとなしく引き下がる渚左ではない。ふんと鼻息荒く、言い返した。

「そうね。わたしは一人よ。わたしは、わたしを背負うだけ。でもね。自分が一番、重いのよ。自分が一番、どうしようもなく面倒くさいの。だって、家族は捨てられても、自分は自分に張りついてるでしょ。逃げられないでしょ。日向子は全部背負ってる。でも、日向子も背負われてるのよ。わたしはそれが、すごく羨ましい。それに気付かない日向子は、バカだ」

おー、そこまで言うか。

長い付き合いの悪友だ。お互いをバカ呼ばわりするのは、初めてではない。しかし、それはいつも、親しみの表現だった。今回の「バカ」は、そのまんまの意味だ。

そりゃ、わたしはバカですよ。でもね。でもね……。

悔しくて歯嚙みする間に、渚左は最後の矢を放った。

「日向子は、バカな自分に振り回されてるのよ。そう思わない？」

思うわよ。思うけど、人に言われたくない。日向子は唇を嚙んで、バッグをひっつかみ、立ち上がった。

「帰る気になった？」

渚左は座ったまま、顔をあげてケロリと訊いた。なにさ。

「お騒がせしました」

バカ丁寧に深く頭を下げ、玄関に向かった。渚左は普通に見送り態勢でついてきた。

「失礼します」

ここでも、わざとらしく他人行儀な挨拶をする日向子に、渚左は言った。

「亜希子ちゃんと、このままでいいの？」

日向子は唇をへの字にして、渚左を睨んだ。渚左は肩をすくめた。

「ま、わたしが口出しすることじゃないのは、確かよね。いろいろ言い過ぎた。謝る。どうしようと、日向子の勝手よ。それこそ、日向子が背負う問題だ」

ドアが閉まり、日向子は冷たい風が吹く外廊下で、一人になった。

のろのろとエレベーターに向かって歩きながら、考えた。

自分が折れて、一輝と亜希子の夫とで決めた案を進行させるしか、ない。頭では、わかるのだ。

でも、心が納得しない。

出来事はすべて、日向子の思惑と違うほうへ違うほうへと動いていき、最初の段階から出遅れた日向子はついていけずに途方に暮れるばかりなのだ。

みんなでさっさとあれこれ決めて、「こうなりました」と報告だけされて、それで「これで、思い通りになったでしょ」と言われても、それは違うのよ。

わたしも参加させてよ。周回遅れでも、ちゃんとゴールテープを切らせてよ。


勇気を出して、亜希子に電話をかけた。そっちに行っていいかと訊くと、亜希子は重い声で「いいよ」と答えた。

閉店後の〈ウルトラ麺〉の店内で、姉妹は向かい合って座った。

熱いお茶こそ出してくれたものの仏頂面でそっぽを向く亜希子に、どう話しかければいいのか、まるでわからない日向子の口から最初に出たのは、「ここに来るのも、久しぶりね」なる、感慨だった。

いつも、ここで餃子作りを手伝いながら、愚痴を聞いてもらったものだ。あの頃は、こんなことになるなんて、小指の先ほども想像していなかった。

わたしはあの頃に戻りたい、あんたに憎まれたくない。そう言いたいのだが、それでは問題解決にならない。

もういいわ、話を進めてちょうだい。この際、そう言うのが一番収まりのいい答だ。けれど、亜希子が勝ち誇るのを見たら、わだかまりが残るだろう。

わたしだけが我慢している。我慢させられた。そんな気持ちではとてもじゃないが、ゲストハウスの完成も素直に喜べない。そして、恨みの種を抱え込み、この先ずっと、何かというとこの件で言い争いをするようになるんだわ。ああ、もう、どうしたらいいの⁉

迷っていると、亜希子が口を切った。

「ヒナ姉ちゃん、わたしのこと、ずっとバカだと思ってたでしょ」

思いがけない言葉に、日向子は亜希子を見つめた。亜希子は目の縁を真っ赤にして、日向子を睨んでいた。

日向子は反射的に「そんなこと」とだけ答えた。そんなこと、ない、と言い切れなかったのは、それが図星を指された者の逃げ口上だからだ。

愚かな妹だと、ずっと思っていた。幼い頃から、欲しいものが手に入らないと大泣きした。三つ子の魂百まで、というけれど、今度のことだって、そうだ。お父さんたちの思いつきにすぐに飛びついて、日向子が懸念を示しただけで大爆発。大体、あんたはわがままなのよ――。

心の中で、堂々巡りの不満を蒸し返していると、

「わたしは、いっつもヒナ姉ちゃんと比べて、ダメ出しばっかりされてきた」

亜希子が暗い声で、そんなことを言い出した。

亜希子はじっと座って勉強するのが苦手で、すぐに遊びに出ていってしまう。だから母はいつも、おっとりして親の言うことをよく聞く日向子を持ち出し、「お姉ちゃんもそうだったんだから」おまえもそうしろと、亜希子を叱った。

「だけど、わたしはヒナ姉ちゃんとは違うのよ。違うやり方で、頑張ってきたのよ。でも、うちじゃ、誰もそう思ってない。わたしはいつまでたっても、ダメな妹なんだ」

「わたしは、あんたに一目置いてるよ」

日向子は、急いで言った。下に見ているのは確かだ。その負い目を隠蔽するため、余計、熱心に訴えた。

「いつも愚痴を聞いてもらってたのは、あんたの言うことで教えられたり、慰められたりしたからだもの」

「わたしはほんとは、ヒナ姉ちゃんの愚痴を聞くたび、いいご身分だと思ってた。ちっち

ゃいことでグチグチ言って」

亜希子は鼻で嗤った。渚左のあとは、妹か。みんなに「甘い」とバカにされる。日向子は唇をとがらせて、うつむいた。その頭上に怒濤のごとく、亜希子の文句が降り注いだ。

「姑との同居なんて、わたしは前からそうだよ。そのうえ、小姑が三人よ。それも、おたくのとこの孝美さんとは大違い。パチンコだの韓流だの、流行りものにハマっちゃ、お金使って、うちに借りに来るのがしょっちゅうよ。その子供たちだって、高校出るか出ないかくらいで同級生を妊娠させて結婚しなくちゃいけなくなったとか、無免許運転して捕まったとか、そんなのばっかり。うちの子もそうなるかもしれないと思うと、怖くてたまらない」

亜希子は真っ赤な顔でうつむいた。唇を噛んでいる。

亜希子がそんな風に悩んでいたなんて、気付かなかった。小姑たちの豪放磊落《らいらく》を面白がり、子供たちの将来も気にしない胆っ玉を見せつけていた。あれは、強がりだったのか。見抜けなかった。というより、見抜こうともしなかった。ああ、洞察力ゼロの姉だ。

とにかく、ここは慰めをば、一発。

「それ、考え過ぎよ。悟たちはちゃんとした、いい子だよ」

「やめてよ、おきれいな気休め言うの」

日向子のうわべだけの言葉を、亜希子は一息ではね返した。

「成績表見るとさ、すごいバカなのよ。そりゃね、学歴なんか、屁のつっぱりにもなりゃしない、必要なのは現実的な生活力だと、ほんとに思ってた。だから、店も忙しいことだし、ほったらかしにして躾《しつけ》も何もしなかった。だけどね、ほったらかしで何も教えずにいると、子供なんて、生活力じゃなくて、自堕落を身につけちゃうのよ。紗恵みたいにちゃんと大学出て、社会人になって、みたいな世間一般のコースをすっと進みそうな気配もないんだから。こんな厳しい世の中に、図体ばっかり大きい中味は弱虫の大バカが出ていったら、どんなことになるか。引きこもりになったうえに家庭内暴力やら無差別殺人やらかすのは、みんな男の子じゃない。もう、不安で不安で、しょうがない。この気持ち、娘しかいないヒナ姉ちゃんにはわからないよ」

そんなこと、ない。親の苦労は同じだ。日向子はいきりたった。

「わたしだって、紗恵が一体何を考えてるのか、全然わからなくて、怖いよ。女の子だから順調に育つとは、限らないじゃない」

「でも、多分、大丈夫よ。ヒナ姉ちゃんとこは、なんか、ほんわかしてるもん。何も問題起きないよ。うちとは違う」

「あんたんとこだって、いつも活気があって、いい感じじゃない」

こうなったら、おばさん同士の不幸告白競争である。さらけ出す快感がまた、たとえようもない。

「うちなんか、家族の会話なんか、ないようなもんだもの」と日向子が言えば、亜希子は
「うちの活気だって、ただ、うるさいだけよ。みんな勝手なことばっかり言って、すぐ口喧嘩。男の子同士だと、手も出るし」とこぼす。

告白の次には、なぜか苦笑が噴き出してくる。日向子も亜希子も笑いながら、目尻に涙を滲ませた。日向子がバッグからポケットティッシュを出して、亜希子に渡した。

それでチンと洟をかんで、亜希子は大きなため息をついた。

「ほんと言うとね。ゲストハウスの話、うちにとっては、降って湧いた救いの神なんだ」

どういう意味？　日向子が目で問いかけると、亜希子は照れくさそうに唇をゆがめた。

「ゲストハウスの話聞いたら、お兄ちゃんたちが目の色変えたのよ。上のお兄ちゃんはビジネス・スクール入って勉強するとか言い出してね」

でも、それも今だけのことで、実際に始まったら大変さに音を上げて、逃げ出すかもしれない。亜希子は、そこまで考えた。

「だから、そうなったら、わたしと旦那で守れるように、家族みんなの仕事にしようと思って旦那に話したら、彼も、そうだなって。こっちは世間の荒波経験者だからさ。逃げ出さずに踏ん張れるもの」

「それは、そうね。あんたは逃げずに立ち向かう女だよ。わたしは、そこのところを尊敬

してる」

亜希子は照れ笑いした。ああ、妹の笑顔を見るのも、久しぶりだ。

日向子はようやく、姉らしい優しい気持ちになれた。

「ほんとよ。えらいと思ってる。わたしには、そんな強さ、ないもの。だから、この話はあんた主導でやるべきなんだね」

すぽんと、譲歩の言葉が出た。しかし、気分がいい。

「わかった。わたし、お父さんたちとあんたたちを応援する。だって、わたしは長女で、お姉ちゃんだもの」

亜希子は、「ありがとう」とは言わなかった。そのかわり、顔をぐしゃりとゆがめ、本格的に泣き出した。

「なんで、もっと早く、そう言ってくれないのよお」

嗚咽《おえつ》しながら、文句を言う。

「あんたは思いつくのも決めるのも早いけど、わたしはのんびり屋で、頭の回線つながるのが遅いんだもの。仕方ないでしょ」

「そりゃ、わたしもあせらせて、悪かったけどさ」

そうか。これが、渚左の言う「度量を示す」ということなんだ。そうすると自動的に、欲しかったものが手に入った。

亜希子の謝罪。そして、和解。加えて、家族の夢と挑戦に自分も参加して、不安と期待を共有する一体感。

そうやって再び、のんき者の日向子に戻ること。

日向子が度量の大きさを見せて、ゲストハウス作りはようやく前進を始めた。両親の顔に笑みが戻り、亜希子夫婦には揃って頭を下げられ、日向子はおおいに面目を施した。

しかし、幸せは逃げ足が速い。

3

モリムラハウスと名付けられたゲストハウスの大家は、父と杉原である。従って、収支責任は二人で折半。実際の運営は一階の一部屋に居住する父と母がやるが、入院などで不都合が生じた場合は杉原、もしくは亜希子が代行する。父が死亡、または自分の意思で引退したとき、ゲストハウスは杉原の管理下に置かれる。

こうした取り決めはすべて一輝と日向子の承諾を得て、文書化された。

やれやれ、と、ほっとしたのもつかの間。そこから先は、各種書類への署名捺印の嵐だ。ゲストハウスへのリニューアルにかかる費用及び運営資金の融資関連書類。実家の土地及び有価証券などの資産に関して、日向子に応分の相続権が確保される旨を記した父の遺言書。家族として、また保証人として、日向子と一輝は何枚も名前を書き、実印を捺《お》した。

それだけではない。

保証人になるからには、プランニングからすべての段階に立ち会わせてほしいと申し出て、快諾されたところまではよかった。ところが、リニューアル経費の見積もりを検討するため、実家に集まってみると、一輝と杉原がいちいち衝突するのである。

見積もり価格一千万円は高すぎる、現時点では六百万程度が妥当だと一輝が主張すれば、杉原が住人を集めるための初期投資は惜しむべきではないと応戦する。

日向子はといえば、完成予想図を見て胸を躍らせ、経費の額面を聞いて肝をつぶし、一輝と杉原がぶつかれば一輝に味方したくなる一方で、父の渋面《じゅうめん》と母の苛立ちを見ると亭主の余計な口出しが申し訳なくていたたまれなくなるという案配で、いや、もう、疲れるったら、ありゃしない。

家族で取り組むことなら、わたしも参加させて。そう思ったけど、参加したばっかりに、多大なるストレスをしょい込んだ。もはや「どっちでもいい」「勝手にやって」の気分でキッチンに逃げ込むと、ついてきた亜希子がしゃらっと、こんなことを言う。

「一輝さんて、石橋を叩いて叩いて、結局渡らない人って感じね。ま、堅実なのは、いいことよ」

それが、保証人に向かって言うことか⁉

さすがの日向子も、ムッとした。

「そうね。おたくの旦那は、いいわね、いい歳して夢見がちで」

ささやかながら、皮肉のお返しである。

思い返せば、全員総出で書類に署名した折り、杉原はいずれラーメン屋を閉めてモリムラハウス二号館に作り替え、さらにチェーン展開まで考えていると上気した顔で口走ったのだ。

一輝はあとで、「杉原さんは勇気があるというより、無鉄砲だね」と呟いた。日向子は、深く頷いた。

あの男は昔からそうだ。ステップアップするつもりで転職を繰り返した挙げ句、とどのつまりはラーメン屋のオヤジじゃないか。亜希子も、その過去から学習すべきなのよ。一緒になって舞い上がって、どうするの。

本当はそこまで言ってやりたかったが、優しい姉心で我慢して、「けど、今度ばかりはお父さんたちやわたしたちも巻き込んでるんだから、責任の重さは感じてもらわないと」と、厳かに忠告するにとどめた。

とにかく、まずは業者にコストカットの方向で見積もりを出し直させるということで、一回目の話し合いはお開きとなった。

帰りの車中で、日向子は「思ってたより、大変ねえ」とぼやいた。すると一輝は、落ち着き払って、こう言った。

「そうだけど、僕らも保証人としてのリスクを背負ったんだ。関係者として、しっかり見守っていこうよ。堅実にやっていけば、悪い話じゃないんだから」

なんと頼もしいお言葉。亜希子に聞かせてやらねば。渚左にもよ。妻を支えてこその夫。一輝もようやく、そこまで成長したんだわ。


気をよくして迎えた日曜日の昼下がり、政江が意気揚々とやってきた。不動産広告を携えている。

「わたし、ほんとにゲストハウス暮らしがしたかったのよ。でも、せっかく日向子さんと紗恵が一緒に暮らしたいって言ってくれてるのに、意地を張るのも大人げないでしょ。だからあきらめたら、これが運命っていうものかしらねえ。今がチャンスっていう掘り出し物が見つかっちゃったのよお」

一緒に暮らしたいとわたしが言ったたって⁉

日向子は一輝を見た。一輝はへらっとごまかし笑いをして、「母さん、やめてくれよ」とたしなめた。

「不動産屋の売り込みを鵜呑みにするなって、言っただろ」

そうじゃないでしょう⁉

あまりのことに日向子が言葉を失っているすきに、一輝が素早く動いた。

「母さん、ちょっと外でゆっくり話そう」

政江を引っ張って、そそくさと外に出ていくではないか。

くそ。帰ってきたら、ただじゃおかない。

ムカつきのエネルギーを野菜にぶつけて、日向子はすごい勢いで包丁をふるい、けんちん汁を作った。

夕方帰ってきた一輝は、オープンハウスの見学に付き合い、話を聞くだけの段階だと業者に釘を刺しておいたと、手柄顔だ。そして、怒りに震えてお玉を握りしめる日向子に、かつてないほどの猫なで声を出した。

「きみが同居に積極的だなんて、僕は言ってないよ。ただ、おふくろがそう思い込んじゃってて」

日向子は反論しようと口を開けたが、またしても一輝に先を越された。

「だから、きみと話し合いをしようとした矢先に、モリムラハウスの件でゴタついたから、そっちを先に片付けることになったんじゃないか」

そうだった。一輝が同居の前倒し宣言をしたことから喧嘩になり、家を出て脅しをかけるつもりが、亜希子の突撃で問題が入れ替わって、その後もいろいろあって——すっかり忘れていた。

「きみは同居を嫌がるけど、悪いことばっかりじゃないと思うんだ。家のことはおふくろに任せて、もっと外に出られるじゃないか。パートの日数、増やしてもいいし。扶養控除なんか、いつ、どんな風に変わるか、わからないんだから」

こいつは、決心を変える気はないのだ。ならば、交換条件を突きつけるまで。日向子は前置きなしで、切り込んだ。

「政江さんの預金通帳、全部、わたしが預かる。そのこと、あなたから、ちゃんと話して」

一瞬の間をおいて、一輝はほっとしたように笑った。

「わかった」

口論に聞き耳を立てていたらしく、きりのいいところで、食卓に現れた紗恵が不機嫌に命じた。

「どうでもいいけど、ご飯、早くしてくれない？　明日、二科目続けてテストなんだから」

結局、同居の前倒しが決まってしまった。しかも、「申し訳ない」も「ありがとう」もなしで。ああ、可哀想なわたし。

少し前までは、こんな愚痴を垂れ流して、ひとときの慰めを得ていたスマイル・スマイルのティーブレイクも、今はない。

店舗計画で多忙になった木内は、たまに顔を出すだけのうえ、口を開けば在庫処理がどうの、客対応がどうのと、いっぱしの経営者気取り。渚左もこの件で手一杯。そして蒲田は、なんと「出会い」に賭けている。

年齢も実績も同じくらいの木内が店長に抜擢されたのが面白くない蒲田は、しばらく不機嫌だった。ところがある日、一転して晴れやかな顔に変わった。

離婚あるいは死別で「心ならずもシングル」の男に、「どういうわけかシングル」の女をめあわせる会の世話人になったのだそうだ。

「世話人仲間に男がいるのよ。ちょっと年食ってるけど。それに、世話人と出席者がたまたま恋に落ちるというのも、なくはないしさ」

言うことが、ギラギラしている。日向子はたまげた。

「そ、そ、そうなりそうなの⁉」

「出会いが欲しけりゃ、チャンスを自分で作らなきゃ。天は自ら助くる者を助くって言うでしょ」

蒲田はキッと、宇宙の一点に目を据えた。今までの自分から一歩抜け出た木内への、妬みと競争心がブレンドされての暴走か？

「でも、でも、蒲田さん、木内さんと違って、ご主人とは何の問題もないじゃない」

「そうよ」

蒲田は、艶然たる流し目をよこした。

「道ならぬ恋よ。秘め事よ。考えるだけで、よだれ出るわあ」

まじっすか。

早速、携帯メールで渚左にご注進すると、即、返信が来た。

『恋がしたいなんて、蒲田っちってばオトメ。不倫も辞さずとは、よくやるわい』

それだけかい。さすがは、内面オヤジ。

かく言う日向子は、内も外も女ですよ。恋はしたい。とっても、したい。けれど、今はそれどころじゃない。


「日向子さん、お茶にしましょうよ。おいしいロールケーキ、買ってきたのよ。あ、わたしには、この間持ってきたハニー・ローズヒップティーをお願いね。紗恵も呼べば？　甘いものは脳を活性化するそうよ」

日向子はキッチンに向かいながら、視線で一輝を連行した。

前倒しどころか、物件相談に政江が足しげく通ってくるものだから、もう同居しているようなものだ。

お茶を淹れながら、ヒソヒソ声で通帳を預かるという条件はどうなったのか、ただした。一輝は自分用の湯飲みを出しつつ、「それとなく話した」と答えた。

それじゃ、何も言ってないのも同じじゃないの。もう、こうなったら、直談判しかない。

リビングのテーブルには、麗々しい不動産のチラシが何枚も広げられている。日向子はそれらをバサリと床に払い落とし、おもむろにティーカップを置いた。そして、目を丸くする政江の真ん前に腰を下ろして、きっぱり言った。

「通帳と印鑑、いつ、渡していただけます？」

政江は、コロコロ笑った。

「日向子さんたら、いやねえ、目を吊り上げて。同居したら、自然とそういうことになるんだから、いいじゃないの。今は物件を見てちょうだいよ」

床から一枚のチラシを拾い上げ、差し出したが、日向子は断固、無視した。

「なあなあは、困ります！」

割って入りたいのだが、どっちにつけばいいのか迷ってウロウロしている一輝を尻目に、日向子はフルスロットルだ。

「はっきり言いますけど、同居と介護はセットなんです。わたしは、そこまで覚悟してるんですよ。しっかり面倒を見るためにも、せめて、お金の面で、わたしを安心させてくれなくちゃ」

「おまえ、そういうこと言うなよ」

一輝が不快げに口を挟んだ。しかし、政江は平気だ。

「あら、日向子さんは正しいわ。人間、ピンピンコロリとはいかないもの。心の備えは必要よ。それは、わたしばっかりじゃなく、おたくの親御さんにも言えることよねえ」

痛いところを突かれ、思わず口を閉じた日向子を見て、政江は莞爾《かんじ》として微笑んだ。

「日向子さん、教えといてあげる。悪いことっていうのはね、そうなっちゃイヤだと思えば思うほど、どうしようもなく実現しちゃうんですってよ。ところが、そうなったってていいやと大きく構えると、悪いことのほうがやる気をなくして、しぼんじゃうんですって。怖がってくれないと、幽霊も出る甲斐がないでしょ。それと同じ。だから、物事は楽観してたほうがいいの」

「なんですか、それ。誰が言ったんですか」

「長生きすれば、いろんな知恵を授かるものよ」

食えないババアめ。こんなのと、同居するのか。そこに、紗恵が乱入。

「お父さん、携帯買うから、契約書の保護者欄に名前書いて」

ちょっと、待て。

「携帯は高校になってからって、言ったでしょ」

「勉強頑張ってるから、そろそろいいだろうって、お父さんが言ったよ」

「わたしは聞いてません！」

「言おうと思ってたんだよ。けど、ずっと、モリムラハウスのことで忙しかったから」

「その言い訳は、もう、聞きませんからね！」

「お父さーん」

「紗恵、ここはお母さんの言うことを聞きなさい」

「なんで？　もう、お母さんなんか、だいっきらい」

「紗恵ちゃん、そんなこと、言っちゃダメよ。お母さんは、話せばわかってくれる人なんだから」

みんながてんでに、言いたいことを言う。

いつも、こうだ。わたしはなんにも悪いことしてないのに、しょうがない亭主と、しょうがない姑と、しょうがない娘に振り回されてばっかり。

ああ、不幸だわ!!

日向子はバンとテーブルを叩いた。

「携帯は、高校に入ってから。通帳と実印は、今すぐ、わたしが預かる。以上、問答無用！」

もう、しょうがない。この家を仕切れるのは、いや、仕切らなきゃいけないのは、広い世界でただ一人。

この、わたしだ。
ぽかんとする家族をずずいっと見わたして、日向子は仁王立ちした。

解説

小島慶子

読み終えて、あなたの胸には何が残っただろうか。爽快感？　共感？　解放感？

多くの人は「ああ、屈託なくこんな話のできる相手がいたらなあ」ではないだろうか。書物は、読み手にかまをかけたり、値踏みしたりしない。親切ぶってネタ探しをしたり、励ますふりして、マウンティングを仕掛けたりもしない。おそるおそる差し出したあなたの傷ついた心を、舌なめずりしてひったくるような無神経なこともしない。登場人物たちはあなたに隠し事をしない。互いに突っ込みを入れ合うだけで、あなたが思い起こしている感情はそっとしておいてくれる。あなたを苛立たせる人物はいても、あなたに苛立つ人はいない。ああ書物とは、物語とは、なんと静謐《せいひつ》な楽園だろうか。

つまりは生身の女同士の付き合いとは、それぐらい油断のならないものなのだ。ねえねえ、私もあなたも善良なる被害者よね？　浮き世のしがらみに耐えている弱者よね。そう言いながら近づいて、面白い話をハンティングする。謙虚で無害な一市民である自分と、いっぱしの知恵者である自分と、隣人よりは恵まれている自分を確認したくて、親しげな会話の中にその左証を見つけようと目を光らせるのだ。

ああ、このひとバカなんだ。ああ、このひと性格悪い。ああ、いい気になってみっともない。ニコニコとお喋りしながら、あるいは聡明な聞き手を装いながら、溜飲《りゅういん》を下げる。心中でほくそ笑みつつ、いかにも気の置けない仲間の温かい返答らしき言葉を口にして、周到なお芝居をする。そして自分はあたかも打ち明け話に付き合わされたかのような顔をして、膨れた腹をなでるのだ。

仕事の合間にレストランやカフェでパソコンを開き、文字を打ち込んでいると、たいていそういう会話が耳に入る。女たちが20代でも70代でも、ＯＬでも主婦でも、話の輪から立ち上るのは、邪気だ。噂を吹聴する女、それをもっともらしく解説する女、従順に頷く女にだって油断はできない。もしも、あの会話に副音声がついていたらと私は想像する。当てこすりや嫌みや呪いや、さぞかし怨嗟《えんさ》の渦巻く場であろうことよ。

私はそのような人間関係を意識して作らないようにしている。その場で生き残るには、あまりにも脆弱《ぜいじゃく》だからだ。たいていは地雷を踏むか、曖昧な返答をして信用ならない女だと思われる。臆病者だから、ゲームに参加できない。ねえ、私の弱みを見せるから、あなたも見せて。そんな危ない取引にはうかつに応じられない。だから不誠実で計算高い女だと思われる。しかし適性がないのなら、無理して適応しようとしなければいい。結果、ママ友も、おなじみの茶飲み友達もいない。それで別段寂しいと思ったこともない。だからそういう会話への耐性が低い。そう言う意味では、この本は、実にしんどい本だった。

しかしそれほど悪意はないのかもしれないとも思う。共感したい、して欲しいという素朴な欲求が彼女たちを集わせているのだ。嫉妬や優越感は無意識の副産物で、当人たちは無邪気な共感で繋がっている。そんな性善説と性悪説のどちらをとるかで、女たちの会話は全く違うものに聞こえる。スマイル・スマイルの女たちのやりとりもそうだ。

作者の日向子《ひなこ》への視線もやはり、そんな二面性をはらんでいる。日向子が他人に入れるツッコミを通じて、作者は読者の後ろめたさを許す。いいんだよ、そうやって他人の揚げ足とったり、意地悪く批判したりして。日向子だってほら、心の中では、結構好き放題言ってるでしょ。彼女、すごい抑圧を抱えてる。あなたと同じだね。応援しようよ！　わかるわかる、って言ってあげて。

しかし一方で、日向子の傲慢さや愚かさを容赦なく描写する。渚左《なぎさ》に「甘えている」と言わせるあたり、作者は日向子の代弁者なのか、断罪者なのかわからなくなってくる。共感しながら罰しているのだ。それはもしかしたら、読み手の心の動きと同じかもしれない。

こんな機微、独り者の女にはきっとわからない、と日向子はよく思う。全然幸せじゃない瞬間でも、なおそうして渚左に対して自分の優位性を確認するのだ。それは、現状を嘆きながら、その嘆きを贅沢品に変えてしまう魔法の言葉。まるで自分が特権階級ならではの悩みを抱えているみたいな気にさせてくれる。いいえ、私は不自由じゃない。いいえ、私は所帯染みていない。これは結婚した女にしかわからない人生の深い味わいなのだ。もの知らずの独り者にはきっと、神様はこんな風景を見せてくれない。そうやって憂鬱な面倒ごとを、人生の上級者にあたえられた課題だと自負する。きっとあなたにも身に覚えがあるだろう。

「結婚しないとわからないわ」「子どもがいないから知らないでしょうね」は女の常套句《じょうとうく》。確かに、体験したものにしかわからないしんどさや喜びがある。でもその実感を連帯に用いる一方で、階級識別にも使うのだ。選ばれて与えられた女と、選ばれず与えられなかった女。結婚や出産はその象徴だ。

女の階級は、獲得したものではなく「付与されたもの」ではかられる。それを自ら獲得したと声高に言う女は、貴族になることはできない。典子《のりこ》がそうだ。所詮成り上がりだと軽んじられる。最も位が高いのは「無欲で無作為のうちにすべてを手にした女」だ。神様に愛された、望まないのに何でも与えられてしまう女の子。自分が手にしているものが宝物であることにも気がついていない、幸せに無自覚でいられる女は、突っ込みようがないから、そう、無敵なのだ。

「ナチュラルに生きてきました」「そんなつもりはありませんでした」と言ってみせる成功した女のなんと多いことよ。人数合わせで頼まれて出たミスコンでなぜかグランプリを取ってしまい、友達に付き合って受けた試験で思いがけず受かってしまって、何が起きているかもわからないうちに忙しくなっていましたが、まさか、わたしが人気女子アナだなんて！　みたいなことを言う女がよくいるが、そんなぼんやりした女が生き残れるほど世の中は甘くない。だけどそれがウソだとわかっていても、そう言える女の方が言えない女よりも重宝されるのだ。強者なのである。

この物語に出てくる女たちは、強者ではない。身の回りの小さな差異で人と自分を比べたり、どこにでもありそうな身内のもめ事で人生を憂いたり、それこそワイドショーの話題にもならないような平凡な身の上を生きている。それでも当人にとっては一大事だ。ドラマの主人公のような気持ちになることもある。人生はどうしてこうもすぐにゴチャゴチャしちゃうんだろう、と日向子が嘆くように、悩みは尽きない。誰もヒロインではないし、絶対悪でもない。そう、しょうがない人。気にしてもしょうがない、言ってもしょうがない、比べてもしょうがない、怒ってもしょうがない、わかってもらおうと思ったってしょうがない、ほんとにもう、しょうがない人たち。

あなたにも、思い当たる人物がたくさんいるだろう。読みながら、私の悩みはまだましかもとほっとしたかも。ああ、よくある悩みなんだと安心したかもしれない。そう、そうやって密かに自分を労らなきゃならないほど、あなたは疲れているのだ。そしてあなたの周りのしょうがない人も、この本を読みながらきっと「あるある、いるいる」と笑ったり泣いたりしているだろう。彼女にとってはあなたが、しょうがない人たちの一人なのだ。

読み終えて、急に新しい世界が開けたりはしない。だけど、確かに気持ちが軽くなっているだろう。自分が肩から降ろしたものは何なのか、考えてみると面白い。女嫌いのあなたにも、女に甘えるあなたにも、きっと発見があったはずだ。だからといって簡単に現状肯定することはできないけど。生活ってそんな生易しいもんじゃない。かくも女を誇るのは難しい。

日向子のやけっぱちな自立の一歩は、あなたを励ましただろうか。そうねえ、と考えるあなたの瞳はきっと哀しみを湛えている。でも思わず漏れる含み笑いも聞こえる気がするのである。

（タレント、エッセイスト）

『しょうがない人』二〇一一年五月　中央公論新社刊

中公文庫

しょうがない人《ひと》

2015年1月25日　初版発行

著　者　平《たいら》安《あ》寿《す》子《こ》

発行者　大橋 善光

発行所　中央公論新社
〒104-8320　東京都中央区京橋2-8-7
電話　販売 03-3563-1431　編集 03-3563-2039
URL http://www.chuko.co.jp/

DTP　ハンズ・ミケ
印　刷　三晃印刷
製　本　小泉製本

Published by CHUOKORON-SHINSHA, INC.
Printed in Japan　ISBN978-4-12-206063-0 C1193

各書目の下段の数字はISBNコードです。978－4－12が省略してあります。

中公文庫既刊より

た-83-1
さよならの扉
平 安寿子
夫の死に際に、愛人発覚。どうする本妻⁉ 人生の醍醐味はオトナの女にしかわからない。本妻と愛人の奇妙な関係を、ユーモラスに描いた長篇小説。
205620-6

あ-61-3
聖 域 調査員・森山環
明野照葉
「産みたくない」と、突然言いだした妊婦。最近まで、生まれてくる子供との生活を楽しみにしていた彼女に、何があったのか……。文庫書き下ろし。
205004-4

あ-61-4
冷ややかな肌
明野照葉
外食産業での成功、完璧な夫。全てを手にしながらも、異様に存在感の希薄な女性取締役の秘密とは？ 女性の闇を描いてきた著者渾身の書き下ろしサスペンス。
205374-8

あ-61-5
廃墟のとき
明野照葉
不毛な人生に疲れた美砂は自殺を決意する。十ヶ月間で自分を華やかに飾り、人々の羨望を浴びながら死ぬのだ。偽りのショーは成功するかに見えたが……。〈解説〉瀧井朝世
205507-0

あ-61-6
禁 断
明野照葉
殺された親友の元恋人は、正体不明の謎の女だった。死の真相を探る邦彦はいつしか女に惹かれていくが、身辺に不審な出来事が起き始める。渾身の長篇サスペンス。
205574-2

あ-61-7
その妻
明野照葉
私はいまから人を殺しに行く――。貞淑な妻はなぜ変貌したか？ 鬼となった女の大胆不敵な罠。予期せぬラストから、あなたは目をそらせない！ 文庫書き下ろし。
205648-0

あ-61-8
チャコズガーデン
明野照葉
自分の不幸は隠したい。人の秘密は覗きたい。あの家族も最上階の謎のレディも、皆が何かを抱えている。高級マンションを舞台にサスペンスの名手が描く人間ドラマ。
205768-5

あ-61-9
宿敵
明野照葉
妻として、娘として、女として……社会の狭間で闘い続ける彼女たちの本当の敵とは？『汝の名』の著者がスリリングに描く五つの物語。〈解説〉北原みのり
206009-8

か-61-1
愛してるなんていうわけないだろ
角田《かくた》光代
時間を気にせず靴を履き、いつでも自由な夜の中に飛び出していけるよう…好きな人のもとへ、タクシーをぶっ飛ばすのだ！　エッセイデビュー作の復刊。
203611-6

か-61-2
夜をゆく飛行機
角田光代
谷島酒店の四女里々子には「ぴょん吉」と名付けた弟がいて……うとましいけれど憎めない、古ぼけてるから懐かしい家族の日々を温かに描く長篇小説。
205146-1

か-61-3
八日目の蟬《せみ》
角田光代
逃げて、逃げて、逃げのびたら、私はあなたの母になれるだろうか……。心ゆさぶるラストまで息もつがせぬ傑作長編。第二回中央公論文芸賞受賞作。〈解説〉池澤夏樹
205425-7

こ-24-1
彼方の悪魔
小池真理子
孤独な留学生が持ち帰ったペスト菌と、女性キャスターに男が抱いた病的な愛。平穏な街に恐怖の二重奏が響く都会派サスペンス長篇。〈解説〉由良三郎
201780-1

こ-24-2
見えない情事
小池真理子
けだるい夏の午後、海辺のリゾートでの出会いが、女の心に夫への小さな不信を芽生えさせる――。サスペンスとホラーの傑作六篇。〈解説〉内田康夫
201916-4

こ-24-3
やさしい夜の殺意
小池真理子
十三年ぶりに再会した兄。美しい妻といとなむ幸福な家庭には、じつは恐ろしい疑惑と死の匂いが……。サスペンス・ミステリー五篇。〈解説〉新津きよみ
202047-4

こ-24-4
唐沢家の四本の百合
小池真理子
洒落者の義父をもつ三人の嫁と、血のつながらない娘。雪の降りしきる別荘で集う四人のもとに届いた一通の速達が意味するものは……。〈解説〉郷原　宏
202416-8

各書目の下段の数字はISBNコードです。978－4－12が省略してあります。

こ-24-7
エリカ
小池真理子
急逝した親友の不倫相手と飲んだのをきっかけに、エリカは、彼との恋愛にのめりこんでいく。逢瀬を重ねていった先には何が……。現代の愛の不毛に迫る長篇。
204958-1

こ-24-8
ストロベリー・フィールズ
小池真理子
平穏な家庭を営む夏子の前に現れた青年。その危険なまでの若さに触れ、彼女は目を背けてきた渇きに気づく。一人の女性の陶酔と孤独を描く傑作長篇。〈解説〉稲葉真弓
205613-8

こ-24-9
東京アクアリウム
小池真理子
不意に現れる恋人の霊、最終の新幹線で浮かぶ父の思い出……。出会いと別れの記憶が、日常に波紋を起こす。短篇の名手による、大人のための作品集。
205743-2

は-45-1
白蓮れんれん
林真理子
天皇の従妹にして炭鉱王に再嫁した歌人柳原白蓮。彼女の運命を変えた帝大生宮崎龍介との往復書簡七百余通から甦る、大正の恋物語。〈解説〉瀬戸内寂聴
203255-2

は-45-2
強運な女になる
林真理子
大人になってモテる強い女になる。そんな人生ってカッコいいではないか。強くなることの犠牲を払ってきた女だけがオーラを持てる。応援エッセイ。
203609-3

は-45-3
花
林真理子
芸者だった祖母と母、二人に心を閉ざしキャリアウーマンとして多忙な日々を送る知華子。大正から現代へ、哀しい運命を背負った美貌の女三代の血脈の物語。
204530-9

は-45-4
ファニーフェイスの死
林真理子
ファッションという虚飾の世界で短い青春を燃やし尽くすように生きた女たち——去りゆく六〇年代の神話的熱狂とその果ての悲劇を鮮烈に描く傑作長篇。
204610-8

は-45-5
もっと塩味を！
林真理子
美佐子は裕福だが平凡な主婦の座を捨てて、天性の味覚だけを頼りにめくるめくフランス料理の世界に身を投じるが……。ミシュランに賭けた女の人生を描く。
205530-8